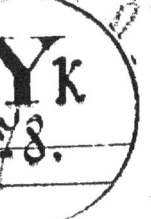

GOLDSMITH

LE VOYAGEUR
LE VILLAGE ABANDONNÉ

TRADUCTION FRANÇAISE

PAR

A. LEGRAND

Agrégé de l'Université
Professeur de langue anglaise au lycée Janson de Sailly

AVEC LE TEXTE ANGLAIS

PARIS
LIBRAIRIE HACHETTE ET Cie
79, BOULEVARD SAINT-GERMAIN, 79

1893

LIBRAIRIE HACHETTE ET Cie

TRADUCTIONS FRANÇAISES

D'AUTEURS CLASSIQUES ANGLAIS

Byron : CHILDE HAROLD. Traduction française de M. BELLET, avec le texte. 1 vol. in-16, broché. . . . . 3 fr.

Choix de contes anglais. Traduction française de M. BEAUJEU, sans le texte. 1 vol. petit in-16, broché. . . . . . 1 fr. 50

Dickens : DAVID COPPERFIELD. Traduction française de M. P. LORAIN, sans le texte. 2 vol. in-16, broché. . . . . . . 2 fr.

- - NICOLAS NICKLEBY. Traduction française de M. P. LORAIN, sans le texte. 2 vol. in-16, broché. . . . . 2 fr.

— CONTES DE NOEL. Traduction française de M. P. LORAIN, sans le texte. 1 vol. in-16, broché. . . . . 1 fr.

- - LA PETITE DORRIT. Traduction française de M. P. LORAIN, sans le texte. 2 vol. in-16, brochés. . . . . 2 fr.

--- LE MAGASIN D'ANTIQUITÉS. Traduction française de M. P. LORAIN, sans le texte. 2 vol. in-16, brochés. . . . . . 2 fr.

Edgeworth : FORESTER. Traduction française de M. AL. BELJAME, sans le texte. 1 vol. petit in-16, broché. . . . . . 1 fr. 50

--- CONTES CHOISIS. Traduction française de M. BEAUJEU, sans le texte. 1 vol. petit in-16, broché. . . . . 2 fr.

Eliot : SILAS MARNER. Traduction française de M. MALFROY, sans le texte. 1 vol. in-16, broché. . . . . 1 fr.

Franklin (B.) : AUTOBIOGRAPHIE. Traduction française de M. LABOULAYE, sans le texte. 1 vol. petit in-16, br. . . 1 fr. 50

Goldsmith : LE VOYAGEUR; LE VILLAGE ABANDONNÉ. Traduction française de M. LEGRAND, avec le texte. 1 vol. in-16, br. . 75 c.

Pope : ESSAI SUR LA CRITIQUE. Traduction française de M. MOTHERÉ, avec le texte. 1 vol. in-16, broché. . . . . 2 fr.

Shakespeare : CORIOLAN. Traduction française de M. FLEMING, avec le texte. 1 vol. in-16, broché. . . . . 1 fr.

— HENRI VIII. Traduction française de M. E. MONTÉGUT, avec le texte. 1 vol. in-16, broché. . . . . 1 fr. 50

--- JULES CÉSAR. Traduction française de M. E. MONTÉGUT, avec le texte. 1 vol. in-16, broché. . . . . 1 fr. 50

- - MACBETH. Traduction française de M. E. MONTÉGUT, avec le texte. 1 vol in-16, broché. . . . . 1 fr. 50

— OTHELLO. Traduction française de M. E. MONTÉGUT, avec le texte. 1 vol. in-16, broché. . . . . 1 fr. 50

-- RICHARD III. Traduction française de M. BELLET, avec le texte. 1 vol. in-16, broché. . . . . 2 fr.

Tennyson : ENOCH ARDEN. Traduction française par M. BELJAME, sans le texte. 1 vol. petit in-16, broché. . . . . 50 c.

Coulommiers. — Imp. PAUL BRODARD. 5-93.

LE VOYAGEUR

LE VILLAGE ABANDONNÉ

A LA MÊME LIBRAIRIE

Goldsmith : *Le voyageur ; le village abandonné.* Texte anglais,
  publié et annoté par M. Motheré, professeur au lycée
  Charlemagne. 1 vol. petit in-16, cartonné,   75 c.

Le même ouvrage, traduction *juxtalinéaire* par M. A. Legrand.
  1 vol. in-16, broché,   1 fr. 50

Coulommiers. — Imp. Paul BRODARD.

GOLDSMITH

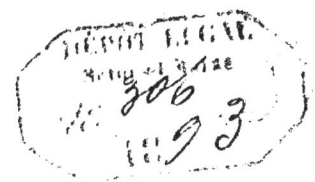

LE VOYAGEUR
LE VILLAGE ABANDONNÉ

TRADUCTION FRANÇAISE

PAR

A. LEGRAND

Agrégé de l'Université
Professeur de langue anglaise au lycée Janson de Sailly

AVEC LE TEXTE ANGLAIS

PARIS

LIBRAIRIE HACHETTE ET Cie

79, BOULEVARD SAINT-GERMAIN, 79

1893

NOTICE

sur

OLIVIER GOLDSMITH

1728-1774

Olivier Goldsmith naquit à Pallas ou Pallasmore (Irlande), le 10 novembre 1728. Il reçut sa première éducation dans le village de Lissoy, dont son père était Recteur. Il fit peu de progrès, et on le destina au commerce. Mais son oncle, Thomas Contarine, frappé de son intelligence précoce, proposa de l'envoyer à l'Université anglicane de Dublin, appelée Trinity College. Après avoir pris le grade de bachelier, Goldsmith retourna chez lui. Il essaya d'entrer dans les ordres, mais l'évêque d'Elphin refusa de l'admettre, sans faire connaître le motif de son refus. Après avoir passé un an en qualité de précepteur chez un certain M. Flinn, il songea à émigrer en Amérique et partit pour Cork, où il devait s'embarquer. Au bout de six semaines, il revint chez sa mère, n'ayant plus d'argent. Son oncle Contarine lui donna 50 livres sterling pour aller étudier le droit à Londres. Mais, à Dublin, il rencontra un ami qui le fit jouer, et il perdit tout son argent. En 1752, Goldsmith alla étudier la médecine à Édimbourg et suivit assez irrégulièrement les cours pendant deux ans. Il se rendit ensuite à la célèbre Université de Leyde, en Hollande, où il resta un an environ. A Leyde, comme à Édimbourg, Goldsmith suppléait par le jeu et les emprunts à l'insuffisance des secours qu'il recevait de sa famille. En février 1755, il quitta Leyde,

ayant pour toutes ressources une guinée, une chemise et une flûte
dont il jouait très bien. Dans cet équipage, il parcourut à pied la
Flandre, la France, l'Allemagne, la Suisse et le nord de l'Italie. Il
jouait de la flûte et chantait des chansons irlandaises dans les
fermes, où on lui donnait, en échange, à souper et à coucher. Quel-
quefois, il recevait l'hospitalité dans les couvents. Lorsqu'il traver-
sait une ville où il y avait une université, il se présentait aux sou-
tenances de thèses et gagnait ainsi la pièce d'argent, le souper et
le gîte offerts aux bacheliers hiberniens qui argumentaient les candidats. Apprenant la mort de son oncle Contarine, Goldsmith revint
en Angleterre et arriva à Londres dans la plus profonde misère
(1756). Il prétendait avoir pris à Padoue le grade de docteur en
médecine, et il essaya sans succès d'exercer la médecine dans
Southwark, l'un des quartiers les plus pauvres de Londres. On le
vit alors successivement comédien, aide chez un apothicaire nommé
Jacob, correcteur d'imprimerie chez Richardson, enfin sous-maître
à l'institution Peckham, tenue par le Dr Milner, qui le fit connaître
à Griffith, propriétaire de la *Monthly Review*. En août 1757, Goldsmith conclut avec ce dernier un engagement aux termes duquel il
devait écrire des articles pendant un an pour cette Revue. Mais cet
engagement ne tarda pas à être résilié du consentement des deux
parties, et Goldsmith retourna chez le Dr Milner comme sous-
maître.

Le 21 décembre 1758, il se présenta à l'école de médecine pour
subir l'examen exigé des candidats à la place d'aide d'hôpital, et il
échoua. Cette même année, il publia : *The memoirs of a protestant,
condemned to the galleys of France for his religion*; puis *An enquiry
into the present state of polite learning in Europe* (1759). Il com-
mença ensuite la publication d'un journal *The Bee*, qui n'eut que
huit numéros.

Le 1er janvier 1760, le Dr Smollett et le libraire John Newbury
publièrent le premier numéro du *British Magazine*, dans lequel
Goldsmith écrivit quelques-uns de ses meilleurs *Essays*. Newbury
édita le *Public Ledger*, journal quotidien dont le premier numéro
parut le 12 janvier de la même année. Goldsmith y fut attaché en
qualité de rédacteur. C'est dans ce journal qu'il publia une série de
Chinese Letters, imitation heureuse des *Lettres persanes* de Montes-

quieu. Bientôt après, Newbury réunit ces lettres en deux volumes, sous le titre de *The citizen of the world.*

Les Essais que Goldsmith avait écrits dans diverses Revues, et surtout son journal *The Bee* l'avaient fait connaître de quelques littérateurs et de quelques artistes de réputation, et surtout du grand critique qui était alors « l'arbitre du style », le docteur Samuel Johnson.

Cependant il ne tarda pas à être emprisonné pour dettes, malgré les ressources que lui assuraient ses travaux littéraires. Archibald Hamilton, éditeur de la *Critical Review*, dans laquelle Goldsmith avait écrit, le fit mettre en liberté. Une autre fois, son hôtesse le fit arrêter pour sa pension qu'il ne pouvait pas payer. Johnson porta au libraire Newbury, et lui fit acheter 60 livres sterling, le roman du *Vicar of Wakefield* que Goldsmith venait de terminer.

En 1763, Goldsmith publia la *Life of Beau Nash;* puis il écrivit pour Newbury une *History of England in a series of letters from a nobleman to his son,* qui eut un grand succès (1764).

The Traveller, a poem, by Oliver Goldsmith, est le premier de ses ouvrages qui porte son nom (1764). Le succès de ce poème fut immense; on en vendit quatre éditions en dix-huit mois, et il plaça aussitôt son auteur au rang des classiques.

Goldsmith composa la charmante ballade de *Edwin and Angelina* (1765), connue sous le nom de *Ballade de l'ermite,* qui fut insérée dans le *Vicaire de Wakefield* (1766), « idylle en prose, qui eut un succès sans précédent. » Ce qui plaît dans cette œuvre, « un peu gâtée par des phrases trop bien écrites, et dont l'action manque un peu de vraisemblance, c'est la délicieuse bonhomie des principaux caractères, et surtout de l'excellent docteur Primrose, et la grâce facile du style. » (Taine, *Histoire de la littérature anglaise* librairie Hachette et Cie.)

Cet ouvrage fut bientôt suivi de *Poems for young ladies,* et de *Beauties of English poetry selected.*

Goldsmith, déjà célèbre comme poète descriptif et comme romancier, rechercha la réputation d'auteur dramatique. Le 27 janvier 1768, il fit jouer, au théâtre de Covent Garden, sa comédie *The good-natured man,* dans laquelle il se peint lui-même sous le nom du principal personnage. Elle n'eut que neuf représentations.

La mode était alors, à Londres comme à Paris, à la comédie senti-
mentale ; on aimait à pleurer au théâtre. La comédie de Goldsmith
fut trouvée trop gaie.

Le 26 mai 1770 parut *The deserted village*, qui réduisit au
silence les ennemis et les envieux de Goldsmith. La même année il
compila une *Vie de Parnell*, une *Vie de Bolingbroke* et un *Abrégé*
d'une histoire romaine qu'il avait faite en 1769. L'année suivante,
il donna une *Histoire d'Angleterre*, qui n'est qu'une compilation
faite d'après Rapin, Carte, Smollett et Hume.

Le 15 mars 1773 eut lieu la première représentation de sa
comédie *She stoops to conquer, or the mistakes of a night*. Le fond
en est invraisemblable, et le comique y devient presque de la farce,
mais elle eut un brillant succès, grâce à l'imagination et à la verve
de l'auteur. Il la dédia à Johnson Elle fait encore partie du réper-
toire. La même année, Goldsmith fit jouer une farce intitulée *The
Grumbler*, qui ne fut pas imprimée.

Outre une *Histoire grecque* et un *Abrégé* de son Histoire d'Angleterre pour les écoles, il publia (1774) une *Histoire naturelle*. C'est
encore cette année qu'il composa ses deux derniers ouvrages, qui ne
furent publiés qu'après sa mort : *History of a haunch of venison*,
poème satirique, et *Retaliation*, petit poème inachevé, dans lequel
il répond avec infiniment d'esprit aux plaisanteries de ses amis du
Literary club, qui raillaient souvent son air gauche, son étourderie
qui lui faisait commettre mille bévues, et une espèce de bredouille-
ment qui était loin de prévenir en sa faveur ceux qui le voyaient
pour la première fois.

En 1774, Goldsmith ne devait pas moins de deux mille livres sterling. La conviction qu'il ne pourrait jamais payer cette somme,
jointe à une maladie qu'il voulut soigner lui-même, le conduisit au
tombeau. Il mourut le lundi 4 avril 1774. Son buste fut placé à
Westminster, et Johnson lui composa une épitaphe en latin.

Olivier Goldsmith était doué d'excellentes qualités naturelles, mais
il manquait complétement de la volonté qui les dirige vers un but
utile. Il « possédait l'art de compiler », dit Johnson, et, si les ren-
seignements qu'il donnait n'étaient pas toujours de la plus rigou-
reuse exactitude, ils avaient du moins le mérite d'être succincts,
intéressants et exprimés dans un style qui ne manquait ni d'agré-

ment, ni de naturel, ni de grâce, et qui était capable de vigueur à l'occasion. Pendant longtemps, ses compilations historiques ont été lues dans les collèges anglais avec autant de plaisir que des romans. Il avait une vanité excessive, mais il y joignait tant de naïveté et tant de bienveillance qu'il était également difficile pour ses amis de ne pas en rire ou de s'en fâcher. Goldsmith est un écrivain essentiellement moral. La vertu la plus sévère ne saurait rien reprendre dans ses ouvrages; et, s'il fut inconsidéré dans sa conduite, il n'abandonna jamais sa dignité personnelle. C'est Goldsmith qui fit revivre un genre littéraire tombé dans le discrédit depuis Addison. Dans les nombreux *Essays* qu'il fournit aux diverses Revues, il sut habilement mettre en œuvre ses souvenirs personnels. Sa bienveillance philanthropique lui fit même trouver l'originalité dans ce genre de composition. Comme Addison, il avait le don de l'*humour*, cet esprit saxon composé de badinage et de sérieux, de gaieté et d'émotion. Comme poète didactique, Goldsmith est, pour la forme, un disciple de Pope, mais il lui est réellement supérieur par le naturel, la grâce et l'aisance, qui semblent innés chez lui et qui sont les caractères de son talent.

Le voyageur.

Ce poème, comme le suivant, appartient au genre didactique moral et est écrit en *couplets*, c'est-à-dire en vers décasyllabiques rimés deux à deux. Il contient 436 vers. Goldsmith s'y propose de montrer l'influence des institutions sur le bonheur des peuples. Il comprend trois parties bien distinctes.

1° *L'introduction*, du vers 1 au vers 62, dans laquelle Goldsmith s'adresse à son frère Henri, à qui il avait envoyé de Suisse la première esquisse du *Traveller*, pendant ses voyages. Il appelle sur lui les bénédictions du ciel. Ensuite il trace le plan de ce poème : assis au sommet solitaire des Alpes, il contemple à ses pieds cent royaumes. Ce spectacle le charme; cependant il soupire en pensant que la masse du bonheur humain est si peu considérable, et il souhaite de trouver quelque endroit où règne la félicité véritable, où son âme fatiguée puisse être heureuse en voyant le bonheur de ses semblables.

2º *Développement du plan.* — Mais où trouver cet endroit? Chaque peuple regarde son pays comme le meilleur. Si l'on compare les nations, on voit qu'elles ont à peu près toutes le même lot de bonheur. Pour prouver cette thèse, le poète décrit l'état des mœurs et du gouvernement en Italie (v. 105 à v. 122), en Suisse (v. 163 à 236) et en France (v. 237 à v. 278). Son imagination le transporte ensuite en Hollande (v. 279 à v. 310), et en Angleterre (v. 315 à v. 332) dont les vertes campagnes, dit-il, peuvent rivaliser avec les merveilles tant vantées de l'Arcadie, et où les fleuves roulent des eaux plus limpides que celles du fameux Hydaspe. Les vers dans lesquels il fait le portrait des Anglais, « ces seigneurs de l'espèce humaine », faisaient pleurer le Dr Johnson. Il n'y a rien de supérieur à ces descriptions pour la correction et la beauté du style. Il faut aussi remarquer avec quel art Goldsmith fait usage des contrastes : aux rochers sauvages de la Suisse et à ses rudes habitants, il oppose les paysages tout ensoleillés de l'Italie et la mollesse de ses habitants; la description de la France, où « l'ostentation avec un art prétentieux soupire après la louange banale que donnent les sots », est suivie de la description de la Hollande où « des habitudes laborieuses règnent dans tous les cœurs et le travail engendre l'amour du gain ».

3º *Conclusion*, depuis le vers 421. C'est en nous-mêmes que réside notre véritable félicité. Les lois et les despotes n'ont qu'une bien faible influence sur notre malheur ou notre bonheur. Les huit derniers vers de la conclusion sont de Johnson, à qui Goldsmith avait soumis son manuscrit.

Partout dans ce poème la rigueur des procédés dialectiques est tempérée par de beaux mouvements de véritable poésie.

Le village abandonné.

Il contient 430 vers. Goldsmith se propose ici de montrer les maux que le luxe inflige à la société et aux individus. On trouve dans ce poème une abondance de détails pittoresques et justes qui prouvent que l'auteur avait une connaissance profonde de la nature. Il y a beaucoup d'*humour* dans la peinture de ses villageois naïfs, si malheureux et pourtant si plaisants. Le poète les plaint, mais sa bienveillance est assaisonnée d'une douce moquerie.

Goldsmith pensait à son hameau natal en décrivant le « charmant Auburn, le plus aimable village de la plaine. » Jadis, tout y était joie, maintenant on n'y voit plus que des ruines; les habitants sont allés chercher un refuge au delà des mers. Des anciens habitants il ne reste qu'une pauvre veuve. Description du presbytère où vivait un pasteur pauvre, sans intrigue et sans ambition (v. 127 à v. 192). Ces vers respirent la piété filiale la plus pure; on sent que Goldsmith a tracé ici le portrait de son père, comme il l'avait déjà fait dans le *Vicar of Wakefield*. Portrait du maître d'école à l'aspect sévère, terrible disputeur, qui étonnait les paysans par ses « grands* mots savants qui retentissaient avec un bruit de tonnerre » (v. 193 à v. 218). Description du cabaret « où les hommes d'État du village discouraient d'un air profond » (v. 219 à v. 250). Le poète préfère les plaisirs naïfs des champs aux fêtes pompeuses des villes (v. 251 à v. 264). Un pays riche n'est pas nécessairement un pays heureux (v. 265 à v. 302). Les pauvres ne peuvent résider ni à la campagne où les seigneurs ont accaparé les biens communaux, ni dans les villes où la prodigalité insulte à leur indigence (v. 303 à v. 336). Mais les fils du charmant Auburn ne vont pas mendier « un peu de pain aux portes des hommes orgueilleux »; ils se sont dirigés d'un pas chancelant vers d'autres climats (v. 337 à v. 362). Le départ des émigrants (v. 363 à v. 384). C'est le luxe qui est cause de tous ces maux (v. 385 à v. 394). Invocation à la poésie à laquelle le poète demande des consolations, depuis le vers 407.

FIN DE LA NOTICE.

THE TRAVELLER

LE VOYAGEUR

THE TRAVELLER

OR A PROSPECT OF SOCIETY.

Remote, unfriended, melancholy, slow,
Or by the lazy Scheld, or wandering Po;
Or onward, where the rude Carinthian boor
Against the houseless stranger shuts the door
Or where Campania's plain forsaken lies,   5
A weary waste expanding to the skies;
Where'er I roam, whatever realms to see,
My heart untravelled fondly turns to thee;
Still to my brother turns, with ceaseless pain,
And drags at each remove a lengthening chain.   10
Eternal blessings crown my earliest friend,
And round his dwelling guardian saints attend!
Blest be that spot, where cheerful guests retire
To pause from toil, and trim their evening fire :
Blest that abode, where want and pain repair,   15
And every stranger finds a ready chair :
Blest be those feasts with simple plenty crowned,
Where all the ruddy family around
Laugh at the jests or pranks that never fail,
Or sigh with pity at some mournful tale;
Or press the bashful stranger to his food,   20
And learn the luxury of doing good.
But me, not destined such delights to share,
My prime of life in wandering spent and care,
Impelled with steps unceasing to pursue   25
Some fleeting good, that mocks me with the view,
That, like the circle bounding earth and skies,
Allures from far, yet, as I follow, flies,

LE VOYAGEUR

OU COUP D'ŒIL SUR LA SOCIÉTÉ.

Loin de ma patrie, sans amis, mélancolique et abattu, sur les rives du paresseux Escaut ou du Pô au cours sinueux; ou plus loin, où le grossier paysan de Carinthie ferme sa porte à l'étranger sans asile; ou bien à l'endroit où s'étend la plaine désolée de la Campanie, triste désert qui embrasse tout l'horizon; partout où me conduisent mes pas errants, quelques royaumes que je visite, mon cœur, qui ne t'a pas quitté, se tourne tendrement vers toi; il se tourne toujours vers mon frère avec une douleur incessante; et, à chaque étape, il sent se dérouler la chaîne qui l'attache à lui.

Que d'éternelles bénédictions reposent sur mon plus ancien ami, et que les saints anges veillent autour de sa demeure! Béni soit cet endroit où de joyeux convives se retirent après leur travail pour préparer le feu du soir. Bénie soit cette maison, asile du besoin et de la souffrance, où chaque étranger trouve toujours un siège qui l'attend. Bénis soient ces festins où règnent l'abondance et la simplicité, où toute la famille au teint vermeil, assise autour de la table, rit des plaisanteries et des niches qui ne font jamais défaut, s'attendrit et soupire en entendant quelque triste récit, ou presse le timide étranger de faire honneur au repas, apprenant ainsi à goûter le plaisir délicat de faire le bien.

Mais moi, je ne suis pas destiné à partager de telles délices, car l'aurore de ma vie s'est consumée au milieu des soucis en courses vagabondes; il me faut poursuivre d'un pas incessant quelque bien éphémère et fugitif qui, semblable au cercle bornant la terre et les cieux, m'attire et disparaît à mon approche. Ma destinée est de

My fortune leads to traverse realms alone,
And find no spot of all the world my own.   30
   E'en now where Alpine solitudes ascend,
I sit me down a pensive hour to spend;
And, placed on high above the storm's career,
Look downward where a hundred realms appear —
Lakes, forests, cities, plains extending wide,   35
The pomp of kings, the shepherd's humbler pride.
   When thus creation's charms around combine,
Amidst the store should thankless pride repine?
Say, should the philosophic mind disdain
That good which makes each humbler bosom vain?   40
Let school-taught pride dissemble all it can,
These little things are great to little man;
And wiser he whose sympathetic mind
Exults in all the good of all mankind.
Ye glittering towns with wealth and splendour crowned;   45
Ye fields where summer spreads profusion round;
Ye lakes whose vessels catch the busy gale;
Ye bending swains that dress the flowery vale;
For me your tributary stores combine :
Creation's heir, the world, the world is mine !   50
   As some lone miser, visiting his store,
Bends at his treasure, counts, recounts it o'er;
Hoards after hoards his rising raptures fill,
Yet still he sighs, for hoards are wanting still :
Thus to my breast alternate passions rise,   55
Pleased with each good that Heaven to man supplies,
Yet oft a sigh prevails, and sorrows fall,
To see the hoard of human bliss so small;
And oft I wish, amidst the scene, to find
Some spot to real happiness consigned,   60
Where my worn soul, each wandering hope at rest,
May gather bliss, to see my fellows blest.
   But, where to find that happiest spot below,
Who can direct, when all pretend to know?
The shuddering tenant of the frigid zone   65
Boldly proclaims that happiest spot his own;
Extols the treasures of his stormy seas,
And his long nights of revelry and ease;
The naked negro, panting at the line,
Boasts of his golden sands and palmy wine,   70
Basks in the glare, or stems the tepid wave,
And thanks his gods for all the good they gave.

traverser des royaumes en solitaire sans trouver dans tout le monde un lieu à moi.

Je m'assieds à l'endroit où se dressent les solitudes des Alpes pour m'y livrer un instant à mes tristes pensées; et, placé bien haut au-dessus de la région des tempêtes. je laisse tomber mes regards sur cent royaumes étendus à mes pieds : lacs, forêts, cités, vastes plaines, tout le faste des rois et la pompe plus humble du berger.

Quand on voit ainsi se réunir de tous côtés les charmes de la création, l'ingrat orgueil devrait-il murmurer au milieu de l'abondance? Dis-moi, un esprit philosophique devrait-il dédaigner ce bien qui inspire de la vanité à tous les cœurs humbles. L'orgueil pédantesque peut dissimuler autant qu'il voudra, ces petites choses sont grandes pour les petits; et il est plus sage celui dont l'âme sympathique se réjouit de tout le bien de toute l'humanité. Brillantes villes où règnent l'opulence et la splendeur, champs où l'été répand la profusion de tous côtés, lacs dont les vaisseaux sont activement poussés par la brise; paysans courbés sur le sillon, qui parez la vallée fleurie, le tribut de vos trésors se combine pour moi : le monde, le monde est à moi, enfant de la création!

Quand un avare solitaire visite ses richesses et, se penchant sur son trésor, le compte et le recompte, les trésors s'amoncellent et augmentent incessamment ses transports; cependant il soupire toujours, car toujours il lui en manque. De même, des passions différentes s'élèvent alternativement dans mon cœur heureux de tous les biens que le ciel fournit à l'homme. Cependant souvent un soupir m'échappe, et mes larmes coulent en voyant combien la somme du bonheur humain est peu de chose; souvent je souhaite de trouver au milieu de la scène qui m'entoure quelque lieu réservé au bonheur réel, où mon âme fatiguée, après avoir renoncé à toutes ses espérances vagabondes, puisse jouir de la félicité en voyant le bonheur des autres hommes.

Mais qui m'indiquera où je trouverai ici-bas ce bienheureux endroit que tout le monde prétend connaître? L'habitant frissonnant de la zone glaciale proclame hardiment que telle est sa patrie; il exalte les trésors de ses mers orageuses, et ses longues nuits consacrées aux réjouissances et au bien-être. A l'équateur le nègre nu et haletant se félicite de ses sables d'or et de son vin de palmier, se couche sous les rayons éblouissants du soleil ou fend la vague tiède, et remercie ses dieux de tout le bien qu'ils lui ont donné.

2

Such is the patriot's boast, where'er we roam,
His first, best country, ever is at home.
And yet, perhaps, if countries we compare,   75
And estimate the blessings which they share,
Though patriots flatter, still shall wisdom find
An equal portion dealt to all mankind;
As different good, by art or nature given
To different nations, makes their blessings even.   80
    Nature, a mother kind alike to all,
Still grants her bliss at labour's earnest call;
With food as well the peasant is supplied
On Idra's cliffs as Arno's shelvy side;
And though the rocky-crested summits frown,   85
These rocks, by custom, turn to beds of down.
From art more various are the blessings sent —
Wealth, commerce, honour, liberty, content.
Yet these each other's power so strong contest,
That either seems destructive of the rest.   90
Where wealth and freedom reign, contentment fails,
And honour sinks where commerce long prevails.
Hence every state, to one loved blessing prone,
Conforms and models life to that alone.
Each to the favourite happiness attends,   95
And spurns the plan that aims at other ends,
Till, carried to excess in each domain,
This favourite good begets peculiar pain.
    But let us try these truths with closer eyes,
And trace them through the prospect as it lies :   100
Here, for a while my proper cares resigned,
Here let me sit in sorrow for mankind;
Like yon neglected shrub, at random cast,
That shades the steep, and sighs at every blast.
    Far to the right, where Apennine ascends,   105
Bright as the summer, Italy extends :
Its uplands sloping deck the mountain's side,
Woods over woods in gay theatric pride;
While oft some temple's mouldering tops between
With venerable grandeur mark the scene.   110
    Could nature's bounty satisfy the breast,
The sons of Italy were surely blest.
Whatever fruits in different climes are found,
That proudly rise, or humbly court the ground:
Whatever blooms in torrid tracts appear,   115
Whose bright succession decks the varied year;

Ainsi parle le patriote, partout où nous portons nos pas : le premier, le meilleur pays est toujours sa patrie. Et cependant, si nous comparons les pays en évaluant les biens qu'ils ont reçus en partage, peut-être la sagesse trouvera-t-elle toujours, en dépit des flatteries des patriotes, que la distribution a été faite en portions égales à toute l'humanité, car un bien différent, donné par l'art ou par la nature à différentes nations, rétablit entre elles l'égalité.

La Nature, cette mère qui témoigne à tous une même tendresse, accorde toujours sa félicité à l'ardent appel du travail : le paysan trouve sa nourriture sur les falaises de l'Idro et sur les rives pleines d'écueils de l'Arno. Des sommets à la crête rocailleuse peuvent se dresser menaçants : l'habitude fait de ces rochers des lits de duvet. Les bienfaits de l'art sont plus variés; ce sont l'opulence, le commerce, l'honneur, la liberté, le contentement. Cependant ils se contestent fortement entre eux leur puissance, et l'un d'eux semble détruire les autres. L'opulence et l'indépendance excluent le contentement, et l'honneur dépérit si le commerce prévaut longtemps. Aussi chaque État, porté vers quelque bien qui lui plaît, y conforme-t-il et y adapte-t-il sa vie tout entière. Chacun s'occupe uniquement de son bonheur favori et repousse avec dédain le plan visant à d'autres fins, jusqu'à ce que l'excès de ce bien favori engendre dans chaque pays une souffrance spéciale.

Mais examinons ces vérités de plus près, et suivons-les à travers la scène qui s'étend devant moi. Je veux oublier un instant mes propres soucis pour m'apitoyer sur l'humanité, semblable à cet arbuste solitaire et touffu jeté par le hasard au bord du précipice, et que chaque rafale fait soupirer.

Là-bas à droite, où se dresse l'Apennin, l'Italie s'étend brillante comme l'été : ses plateaux étagés ornent le flanc de la montagne; es bois, s'élevant par-dessus les bois, dessinent un gai et somptueux amphithéâtre; et souvent, entre ces bois, les sommets croulants de quelque temple impriment à la scène un caractère imposant de grandeur.

Si la générosité de la nature pouvait satisfaire le cœur, les fils de l'Italie seraient assurément heureux. Tous les fruits des différents climats, qui se dressent fièrement ou rampent humblement sur le sol; toutes les fleurs des régions torrides qui ornent, par leur brillante succession, les diverses saisons de l'année ; tous les doux

Whatever sweets salute the northern sky
With vernal lives, that blossom but to die;
These, here disporting, own the kindred soil,
Nor ask luxuriance from the planter's toil;   120
While sea-born gales their gelid wings expand
To winnow fragrance round the smiling land.
   But small the bliss that sense alone bestows,
And sensual bliss is all the nation knows.
In florid beauty groves and fields appear,   125
Man seems the only growth that dwindles here.
Contrasted faults through all his manners reign :
Though poor, luxurious; though submissive, vain;
Though grave, yet trifling; zealous, yet untrue;
And even in penance planning sins anew.   130
All evils here contaminate the mind,
That opulence departed leaves behind;
For wealth was theirs, not far removed the date¹,
When Commerce proudly flourished through the state;
At her command the palace learned to rise,   135
Again the long-fall'n column sought the skies,
The canvas glowed, beyond e'en nature warm,
The pregnant quarry teemed with human form;
Till, more unsteady than the southern gale,
Commerce on other shores displayed her sail²;   140
While nought remained of all that riches gave,
But towns unmanned and lords without a slave :
And late the nation found with fruitless skill
Its former strength was but plethoric ill.
   Yet still the loss of wealth is here supplied   145
By arts, the splendid wrecks of former pride :
From these the feeble heart and long-fall'n mind
An easy compensation seem to find.
Here may be seen, in bloodless pomp arrayed,
The pasteboard triumph and the cavalcade :   150
By sports like these are all their cares beguiled;
The sports of children satisfy the child;
Each nobler aim, represt by long control,
Now sinks at last, or feebly mans the soul :
While low delights, succeeding fast behind,   155
In happier meanness occupy the mind :
As in those domes, where Cæsars once bore sway,
Defaced by time and tottering in decay,
There in the ruin, heedless of the dead,
The shelter-seeking peasant builds his shed;   160

parfums qui saluent et animent le printemps sous les cieux du septentrion, et ne fleurissent que pour mourir : on les voit ici s'épanouir en se jouant comme dans leur sol natal, sans emprunter leur splendeur au travail de l'homme, pendant que les brises de mer, déployant leurs ailes glacées, répandent un doux parfum autour de ce riant pays.

Mais la félicité procurée par les sens seuls est bien légère, et cette nation n'en connaît pas d'autre. Les bosquets et les champs sont ornés des plus belles fleurs, l'homme semble être la seule créature qui dépérisse ici. Son caractère présente les défauts les plus opposés : il est tout à la fois pauvre et somptueux, soumis et vain, sérieux et frivole, dévot et déloyal; et, même en faisant pénitence, il songe aux nouveaux péchés qu'il commettra. Son âme est souillée par tous les maux que l'opulence en disparaissant laisse après elle. Car naguère ils étaient dans l'opulence quand le Commerce florissait fièrement dans l'État. Les palais apprenaient à s'élever à son commandement, les colonnes depuis longtemps abattues se dressaient de nouveau vers les cieux, la toile brillait sous un coloris plus chaud que celui de la nature même, la carrière féconde s'animait et se peuplait de formes humaines. Mais bientôt le Commerce plus instable que la brise du midi, déploya sa voile sur d'autres rivages, et il ne resta de toute leur richesse que des villes dégarnies d'hommes et des seigneurs sans un seul esclave. La nation s'aperçut trop tard, avec une habileté stérile, que son ancienne force était une pléthore.

Cependant aujourd'hui encore l'opulence perdue est remplacée par des arts, splendides débris de l'ancien orgueil : le cœur faible et l'âme depuis longtemps déchue semblent trouver en eux une facile compensation. Ici les masques et les cavalcades triomphent et se pavanent dans une pompe pure de sang. Ces jeux charment tous leurs soucis; des jeux d'enfants satisfont l'enfant. Toutes les visées plus nobles, réprimées par une longue contrainte, sombrent enfin ou fortifient faiblement le cœur. De viles délices leur succédant aussitôt s'emparent de l'âme et la plongent dans une bassesse qui la rend plus heureuse. De même on voit le paysan, cherchant un abri, bâtir sa cabane, sans se soucier des morts, au milieu des débris et des ruines chancelantes des palais où les Césars régnèrent jadis, et défigurés par le temps. Il s'étonne que l'homme ait pu avoir besoin

And, wondering man could want the larger pile,
Exults, and owns his cottage with a smile.
My soul, turn from them, turn we to survey
Where rougher climes a nobler race display,
Where the bleak Swiss their stormy mansion tread,   165
And force a churlish soil for scanty bread;
No product here the barren hills afford
But man and steel, the soldier and his sword¹;
No vernal blooms their torpid rocks array,
But winter lingering chills the lap of May;   170
No zephyr fondly sues the mountain's breast,
But meteors glare, and stormy glooms invest.
    Yet still, even here, content can spread a charm,
Redress the clime, and all its rage disarm.
Though poor the peasant's hut, his feast though small,   175
He sees his little lot the lot of all;
Sees no contiguous palace rear its head,
To shame the meanness of his humble shed;
No costly lord the sumptuous banquet deal,
To make him loathe his vegetable meal;   180
But calm, and bred in ignorance and toil,
Each wish contracting, fits him to the soil.
Cheerful at morn, he wakes from short repose,
Breathes the keen air, and carols as he goes;
With patient angle trolls the finny deep;   185
Or drives his vent'rous ploughshare to the steep;
Or seeks the den where snow-tracks mark the way,
And drags the struggling savage into day.
At night returning, every labour sped,
He sits him down the monarch of a shed;   190
Smiles by his cheerful fire, and round surveys
His children's looks, that brighten at the blaze;
While his loved partner, boastful of her hoard,
Displays her cleanly platter on the board :
And haply too some pilgrim, thither led,   195
With many a tale repays the nightly bed.
    Thus every good his native wilds impart
Imprints the patriot passion on his heart,
And e'en those ills, that round his mansion rise,
Enhance the bliss his scanty fund supplies.   200
Dear is that shed to which his soul conforms,
And dear that hill which lifts him to the storms;
And as a child, when scaring sounds molest,
Clings close and closer to the mother's breast,

de ce grand édifice et il se dit en souriant maître de sa chaumière.

Détourne-toi d'eux, mon âme, détournons-nous pour contempler ces climats plus rudes, séjour d'une race plus noble : les Suisses glacés dans leur pays exposé aux tempêtes, et arrachant à un sol ingrat une nourriture insuffisante. Ici, les montagnes stériles ne produisent que l'homme et l'acier, le soldat et son épée. Les fleurs du printemps n'ornent jamais leurs rochers inertes, et l'hiver, prolongeant son séjour parmi eux, glace le sein de Mai. Jamais le zéphyr ne caresse tendrement la montagne toujours enveloppée d'orageuses ténèbres au milieu desquelles brillent des météores.

Cependant ici même le contentement peut encore répandre des charmes, corriger le climat et le désarmer de toute sa fureur. Si pauvre que soit la cabane du paysan, si maigre que soit son festin, son petit lot est le lot de tous. Il ne voit pas s'élever près de son humble cabane un palais altier pour faire honte à sa pauvreté. Un riche seigneur ne donne pas de somptueux banquets pour lui faire prendre en dégoût son repas de légumes ; mais, calme et élevé dans l'ignorance et dans le travail, ses désirs sont restreints et lui permettent de s'accommoder à son sol. Il s'éveille joyeux le matin après un court repos ; il respire l'air vif et se rend à son travail en chantant. La ligne à la main, il explore patiemment le lac poissonneux, ou bien il pousse le soc audacieux de sa charrue jusqu'aux bords du précipice ; ou bien il cherche la tanière dont les empreintes de pas laissées dans la neige lui indiquent le chemin, et il en arrache la bête fauve qui se débat. Il revient le soir après avoir achevé tous ses travaux, et s'assied roi dans sa cabane. Il sourit près de son feu joyeux, et contemple autour de lui le visage de ses enfants qui s'épanouit à la flamme. Cependant sa compagne bien-aimée, fière de son trésor, étale sur la table sa vaisselle brillante. Peut-être aussi un pèlerin vient-il frapper à sa porte et payer par ses récits le lit qu'on lui offre pour la nuit.

Ainsi tous les biens que lui accordent ses solitudes natales impriment dans son cœur l'amour de la patrie. Même les maux qui naissent autour de sa demeure donnent du prix à la félicité de sa modeste position. Il aime cette cabane où son âme est à l'aise, cette montagne qui l'élève jusqu'à la région des orages ; et, comme l'enfant, inquiété par des bruits effrayants, se serre de plus en plus contre le sein de sa mère, de même le bruyant torrent et le

So the loud torrent, and the whirlwind's roar,   205
But bind him to his native mountains more.
    Such are the charms to barren states assigned;
Their wants but few, their wishes all confined.
Yet let them only share the praises due,
If few their wants, their pleasures are but few;   210
For every want that stimulates the breast
Becomes a source of pleasure when redrest.
Whence from such lands each pleasing science flies,
That first excites desire, and then supplies;
Unknown to them, when sensual pleasures cloy,   215
To fill the languid pause with finer joy;
Unknown those powers that raise the soul to flame,
Catch every nerve and vibrate through the frame.
Their level life is but a smouldering fire,
Unquenched by want, unfanned by strong desire;   220
Unfit for raptures, or, if raptures cheer
On some high festival of once a year,
In wild excess the vulgar breast takes fire,
Till, buried in debauch, the bliss expire.
    But not their joys alone thus coarsely flow :   225
Their morals, like their pleasures, are but low;
For, as refinement stops, from sire to son,
Unaltered, unimproved, the manners run;
And love's and friendship's finely-pointed dart
Fall, blunted, from each indurated heart.   230
Some sterner virtues o'er the mountain's breast
May sit, like falcons cowering on the nest;
But all the gentler morals, such as play
Through life's more cultured walks, and charm the way,
These, far dispersed, on timorous pinions fly,   235
To sport and flutter in a kinder sky.
    To kinder skies, where gentler manners reign,
I turn : and France displays her bright domain.
Gay, sprightly land of mirth and social ease,
Pleased with thyself, whom all the world can please,   240
How often have I led thy sportive choir,
With tuneless pipe, beside the murmuring Loire!
Where shading elms along the margin grew,
And freshened from the wave the zephyr flew;
And haply though my harsh touch, faltering still,   245
But mocked all tune, and marred the dancer's skill;
Yet would the village praise my wondrous power,
And dance, forgetful of the noontide hour.

rugissement du tourbillon l'attachent davantage à ses montagnes.

Tels sont les charmes assignés aux pays pauvres; leurs besoins sont peu nombreux, leurs désirs sont limités. Cependant ne leur donnons pas des louanges qui ne leur sont pas dues : si leurs besoins sont peu nombreux, il en est de même de leurs plaisirs; car tout besoin stimulant le cœur devient une source de plaisir quand il est satisfait. Aussi ces pays ne connaissent-ils pas l'art agréable d'exciter le désir pour le satisfaire. Ils ne savent pas, quand ils sont rassasiés et alanguis par les plaisirs sensuels, remplir l'intervalle par de plus élégants plaisirs. Ils ignorent ces forces qui élèvent et enflamment notre âme, saisissent tous nos nerfs et vibrent à travers notre être. Leur vie monotone est un feu qui couve sans être jamais éteint par le besoin ni activé par le puissant désir. Ils sont impropres aux transports, ou bien si les transports les animent dans une grande fête solennelle, leur cœur vulgaire s'enflamme, se porte aux sauvages excès et noie la félicité dans l'ivresse.

Mais ce ne sont pas seulement leurs joies qui suivent cette pente grossière : leurs mœurs sont vulgaires comme leurs plaisirs. Car, lorsque la politesse s'arrête, les mœurs passent sans se modifier et sans se perfectionner du père au fils; et le dard finement aiguisé de l'amour et de l'amitié tombe émoussé de tous les cœurs endurcis. Quelques vertus austères peuvent se poser sur les flancs de la montagne, comme des faucons blottis sur leur nid; mais les mœurs plus douces se jouant dans les sentiers plus cultivés et charmant la route, s'éloignent, se dispersent et s'enfuient d'une aile timide pour aller s'ébattre et voltiger sous un ciel plus aimable.

Je me tourne vers des cieux plus aimables où règnent des mœurs plus douces : et la France étend son brillant domaine. Joyeux et enjoué pays de la gaieté et du bien-être social, content de toi-même et à qui tout le monde peut plaire, combien de fois ai-je conduit au son discordant de ma flûte, les chœurs folâtres, sur les rives murmurantes de la Loire! Des ormes touffus croissaient sur le bord, et le zéphyr volait rafraîchi par la vague. Mes notes discordantes et incertaines se jouaient peut-être de la mélodie et déroutaient l'habileté du danseur; cependant les villageois louaient mon merveilleux talent et dansaient sans se soucier de l'heure de midi. Il n'y

Alike all ages. Dames of ancient days
Have led their children through the mirthful maze,   250
And the gay grandsire, skilled in gestic lore,
Has frisked beneath the burthen of threescore.
  So blest a life these thoughtless realms display;
Thus idly busy rolls their world away :
Theirs are those arts that mind to mind endear,   255
For honour forms the social temper here;
Honour, that praise which real merit gains,
Or even imaginary worth obtains,
Here passes current; paid from hand to hand,
It shifts in splendid traffic round the land :   260
From courts to camps, to cottages it strays,
And all are taught an avarice of praise;
They please, are pleased, they give to get esteem,
Till, seeming blest, they grow to what they seem.
  But while this softer art their bliss supplies,   265
It gives their follies also room to rise;
For praise too dearly loved, or warmly sought,
Enfeebles all internal strength of thought :
And the weak soul, within itself unblest,
Leans for all pleasure on another's breast.   270
Hence ostentation here, with tawdry art,
Pants for the vulgar praise which fools impart;
Here vanity assumes her pert grimace,
And trims her robes of frieze with copper lace;
Here beggar pride defrauds her daily cheer,   275
To boast one splendid banquet once a year :
The mind still turns where shifting fashion draws,
Nor weighs the solid worth of self-applause.
  To men of other minds my fancy flies,
Embosomed in the deep where Holland lies.   280
Methinks her patient sons before me stand,
Where the broad ocean leans against the land;
And, sedulous to stop the coming tide,
Lift the tall rampire's artificial pride.
Onward, methinks, and diligently slow,   285
The firm connected bulwark seems to grow,
Spreads its long arms amidst the watery roar,
Scoops out an empire, and usurps the shore —
While the pent ocean, rising o'er the pile,
Sees an amphibious world beneath him smile :   290
The slow canal, the yellow blossomed vale,
The willow-tufted bank, the gliding sail,

avait aucune distinction d'âge. Des bonnes femmes au déclin de la
vie conduisaient leurs enfants à travers le joyeux dédale, et le folâtre
grand-père, versé dans la science de la danse, gambadait sous le
poids de ses soixante ans.

Voilà la vie heureuse menée par ces royaumes insouciants ; ils
voient passer leur temps au milieu de ces occupations oisives. Ils
possèdent les arts rendant l'âme chère à l'âme, car ici c'est l'honneur qui forme le caractère social. L'honneur, cette louange gagnée
par le mérite réel ou même obtenue par la valeur imaginaire,
est ici la monnaie courante ; payée de main en main, elle circule
dans tout le pays en un splendide trafic : elle passe des cours aux
camps et aux chaumières, et tous apprennent à se montrer avides
de louanges. Ils charment, sont charmés, donnent de l'estime pour
en obtenir, et enfin deviennent heureux à force de le paraître.

Mais, si cet art délicat leur procure la félicité, il contribue aussi à
faire naître leurs folies ; car la louange trop tendrement aimée ou
trop ardemment recherchée affaiblit toute véritable force de pensée,
et l'âme faible, ne trouvant pas son bonheur en elle-même, s'appuie sur le sein d'un autre et lui demande tous ses plaisirs. Aussi
voit-on l'ostentation, avec un art prétentieux, soupirer après la
louange vulgaire donnée par les sots, la vanité faire ses gri-
maces impertinentes et border d'un galon de cuivre ses robes de
frise, et l'orgueil mendiant retrancher tous les jours quelque chose
à ses repas pour offrir une fois par an un splendide banquet. L'âme
se tourne toujours du côté où l'attire la mode éphémère et n'ap-
précie pas la solide valeur d'une conscience tranquille.

Mon imagination s'envole vers des hommes d'un autre caractère,
au fond de l'abîme où s'étend la Hollande. Devant moi se dressent ses fils patients, à l'endroit où le large océan s'appuie contre
leur pays. Constamment appliqués à arrêter le flot envahisseur, ils
élèvent l'artificiel orgueil du grand rempart. Je crois voir ce rempart, dont toutes les parties sont solidement unies, croître et s'avancer
avec une lenteur diligente, étendre ses longs bras au milieu du
mugissement de la plaine liquide, se creuser un empire sur la
mer et usurper le rivage ; et l'océan parqué, s'élevant au-dessus
de cet édifice, voit sourire au-dessous de lui un monde amphibie :
un canal où l'eau circule lentement, une vallée couverte de fleurs
dorées, une rive plantée de saules, une voile glissant mollement,

The crowded mart, the cultivated plain —
A new creation rescued from his reign.
   Thus, while around the wave-subjected soil   295
Impels the native to repeated toil,
Industrious habits in each bosom reign,
And industry begets a love of gain.
Hence all the good from opulence that springs,
With all those ills superfluous treasure brings,   300
Are here displayed. Their much-loved wealth imparts
Convenience, plenty, elegance, and arts;
But view them closer, craft and fraud appear,
Even liberty itself is bartered here.
At gold's superior charms all freedom flies;   305
The needy sell it, and the rich man buys :
A land of tyrants, and a den of slaves,
Here wretches seek dishonourable graves,
And, calmly bent, to servitude conform,
Dull as their lakes that slumber in the storm.   310
   Heavens! how unlike their Belgic sires of old!
Rough, poor, content, ungovernably bold.
War in each breast, and freedom on each brow;
How much unlike the sons of Britain now!
   Fired at the sound, my genius spreads her wing,   315
And flies where Britain courts the western spring;
Where lawns extend that scorn Arcadian pride,
And brighter streams than famed Hydaspes glide.
There, all around, the gentlest breezes stray;
There gentle music melts on ev'ry spray;   320
Creation's mildest charms are there combined :
Extremes are only in the master's mind.
Stern o'er each bosom Reason holds her state,
With daring aims irregularly great.
Pride in their port, defiance in their eye,   325
I see the lords of human kind pass by,
Intent on high designs, a thoughtful band,
By forms unfashioned, fresh from nature's hand,
Fierce in their native hardiness of soul,
True to imagined right, above control;   330
While even the peasant boasts these rights to scan,
And learns to venerate himself as man.
   Thine, Freedom, thine the blessings pictured here,
Thine are those charms that dazzle and endear;
Too blest, indeed, were such without alloy,   335
But fostered e'en by Freedom, ills annoy;

un marché encombré, une plaine cultivée, création nouvelle arrachée
a son empire.

Quand, de tous côtés, le sol esclave de la vague force l'habitant
a un travail incessant, des habitudes laborieuses s'emparent de
tous les cœurs, et la diligence engendre l'amour du gain. Aussi
voit-on régner ici tous les biens naissant de l'opulence et tous les
maux accompagnant un trésor superflu. Leur richesse bien-aimée
leur donne le bien-être, l'abondance, l'élégance et les arts. Mais
regardez-les de plus près, vous verrez paraître l'astuce et la ruse ;
et, dans ce pays, on trafique même de la liberté. Devant les charmes
supérieurs de l'or toute liberté disparait : les pauvres la vendent, et
les riches l'achètent. C'est un pays de tyrans, un repaire d'esclaves,
où les misérables cherchent des tombes sans honneur, s'inclinent
paisiblement et se conforment à la servitude, mornes comme leurs
lacs qui sommeillent pendant l'orage.

Cieux ! comme ils ressemblent peu aux anciens Belges leurs
pères ! rudes, pauvres, contents, d'une hardiesse indisciplinée : la
guerre dans tous les cœurs, et la liberté sur tous les fronts ; comme
ils ressemblent peu aux fils de la Bretagne actuelle !

Mon esprit s'enflamme à ce nom, il étend ses ailes et vole à
l'endroit où la Bretagne courtise le printemps occidental ; où
s'étendent de vertes campagnes qui peuvent rivaliser avec l'orgueil
de l'Arcadie et où coulent des fleuves plus limpides que le célèbre
Hydaspe. De tous côtés circulent les brises les plus suaves ; de
chaque rameau se font entendre des concerts mélodieux ; les plus
doux charmes de la création se trouvent réunis : les résolutions
extrêmes existent seulement dans l'âme du maitre. La Raison exerce
ici un empire despotique sur tous les cœurs, et, dans ses visées
audacieuses, elle montre une grandeur irrégulière. Je les vois passer
près de moi, ces seigneurs de l'espèce humaine ; l'orgueil est dans
leur maintien, le défi dans leurs yeux ; leur troupe sérieuse et pensive médite de grands desseins. Ils n'ont pas été façonnés par les
règles de l'art, ils sont tels que la nature les a formés, âpres dans
leur hardiesse native de cœur, fidèles à ce qu'ils croient être le
juste, et se mettant au-dessus de toute contrainte. Chez eux le
dernier paysan se pique d'examiner ses droits et apprend à vénérer
son titre d'homme.

A toi, Liberté, à toi appartiennent les biens dont je fais ici le
tableau, à toi appartiennent ces charmes qui éblouissent et qui
attachent. Ces biens seraient trop grands, en vérité, s'ils étaient
sans alliage ; mais les maux sont gênants, même quand ils sont

That independence Britons prize too high,
Keeps man from man, and breaks the social tie:
The self-dependent lordlings stand alone,
All claims that bind and sweeten life unknown.   340
Here, by the bonds of nature feebly held,
Minds combat minds, repelling and repelled;
Ferments arise, imprisoned factions roar,
Repressed ambition struggles round her shore,
Till, overwrought, the general system feels   345
Its motions stopped, or frenzy fire the wheels.
  Nor this the worst. As nature's ties decay,
As duty, love, and honour fail to sway,
Fictitious bonds, the bonds of wealth and law,
Still gather strength, and force unwilling awe.   350
Hence all obedience bows to these alone,
And talent sinks, and merit weeps unknown;
Till time may come, when, stripped of all her charms,
The land of scholars, and the nurse of arms,
Where noble stems transmit the patriot flame,   355
Where kings have toiled, and poets wrote for fame,
One sink of level avarice shall lie,
And scholars, soldiers, kings, unhonoured die.
  Yet think not, thus when Freedom's ills I state,
I mean to flatter kings, or court the great.   360
Ye powers of truth, that bid my soul aspire,
Far from my bosom drive the low desire!
And thou, fair Freedom, taught alike to feel
The rabble's rage, and tyrant's angry steel;
Thou transitory flower, alike undone   365
By proud contempt, or favour's fostering sun,
Still may thy blooms the changeful clime endure!
I only would repress them to secure;
For just experience tells, in ev'ry soil,
That those who think must govern those that toil;   370
And all that Freedom's highest aims can reach
Is but to lay proportioned loads on each.
Hence, should one order disproportioned grow,
Its double weight must ruin all below.
  O, then, how blind to all that truth requires,   375
Who think it freedom when a part aspires!
Calm is my soul, nor apt to rise in arms,
Except when fast approaching danger warms;
But, when contending chiefs blockade the throne,
Contracting regal power to stretch their own,   380

entretenus par la Liberté. Cette indépendance estimée à trop haut
prix par les Bretons éloigne l'homme de l'homme et brise le lien
social : les petits seigneurs ne dépendant que d'eux-mêmes vivent
à l'écart dans l'ignorance de tous les droits qui lient et adoucissent
la vie. Ici, les liens de la nature ont un bien faible empire, les
âmes combattent les âmes, elles repoussent et sont repoussées ;
des ferments se développent, on entend rugir les factions empri-
sonnées dans les limites de la loi, l'ambition réprimée lutte autour
du rivage de ce pays et enfin le système général surmené sent ses
mouvements arrêtés, ou bien la frénésie enflamme ses roues.

Et ce n'est pas là le pis. Si les liens de la nature s'affaiblis-
sent, si le devoir, l'amour et l'honneur perdent de leur influence,
des liens artificiels, les liens de l'opulence et de la loi, se fortifient
et imposent un respect involontaire. Aussi est-ce à eux seuls qu'on
obéit, devant eux seuls qu'on s'incline. Le talent se décourage, le
mérite inconnu pleure silencieusement et peut-être le temps vien-
dra où, dépouillée de tous ses charmes, la patrie des savants, la
pépinière des guerriers, où de nobles familles se transmettent la
flamme patriotique, où rois et poètes ont travaillé et écrit pour la
renommée, sera un cloaque d'avarice où les savants, les soldats et
les rois mourront sans être honorés.

Cependant quand j'expose ainsi les maux de la Liberté, ne crois
pas que je veuille flatter les rois ou courtiser les grands. O puis-
sances de vérité qui inspirez à mon âme ces nobles élans, chassez
le vil désir loin de mon cœur ! Et toi, belle Liberté, qui as appris
à sentir également la fureur de la populace et le fer du tyran cour-
roucé ; plante éphémère détruite par le mépris orgueilleux et par
le soleil vivifiant de la faveur, puissent toujours les fleurs suppor-
ter l'inconstance du climat ! Si je veux en arrêter l'expansion c'est
pour les protéger, car dans tous les pays, une juste expérience
nous l'enseigne, les penseurs doivent gouverner les travailleurs ;
et les plus hautes visées de la liberté peuvent tendre seulement à
imposer à chacun des fardeaux proportionnés à sa force. Si donc
une classe de la société croissait d'une manière disproportionnée,
son double poids écraserait infailliblement toutes les autres.

Oh ! comme il faut être aveugle à toutes les exigences de la
vérité pour croire qu'il existe de la liberté quand un corps de l'État
domine ! Mon âme est calme, et je ne suis pas disposé à prendre
les armes si un danger imminent ne l'échauffe pas. Mais quand
des chefs en lutte bloquent le trône et resserrent l'autorité royale

When I behold a factious band agree
To call it freedom when themselves are free;
Each wanton judge new penal statutes draw,
Laws grind the poor, and rich men rule the law;
The wealth of climes, where savage nations roam,   385
Pillaged from slaves to purchase slaves at home;
Fear, pity, justice, indignation start,
Tear off reserve, and bare my swelling heart;
Till half a patriot, half a coward grown,
I fly from petty tyrants to the throne.   390
    Yes, brother! curse with me that baleful hour
When first ambition struck at regal power;
And, thus polluting honour in its source,
Gave wealth to sway the mind with double force.
Have we not seen, round Britain's peopled shore,   395
Her useful sons exchanged for useless ore?
Seen all her triumphs but destruction haste,
Like flaring tapers brightening as they waste?
Seen opulence, her grandeur to maintain,
Lead stern depopulation in her train,   400
And over fields where scattered hamlets rose,
In barren solitary pomp repose?
Have we not seen, at pleasure's lordly call,
The smiling, long-frequented village fall?
Beheld the duteous son, the sire decayed,   405
The modest matron, and the blushing maid,
Forced from their homes, a melancholy train,
To traverse climes beyond the western main;
Where wild Oswego spreads her swamps around,
And Niagara²stuns with thundering sound?   410
    Even now, perhaps, as there some pilgrim strays
Through tangled forests and through dang'rous ways,
Where beasts with man divided empire claim,
And the brown Indian marks with murderous aim;
There, while above the giddy tempest flies,   415
And all around distressful yells arise,
The pensive exile, bending with his woe,
To stop too fearful, and too faint to go,
Casts a long look where England's glories shine,
And bids his bosom sympathize with mine.   420
    Vain, very vain, my weary search to find
That bliss which only centres in the mind.
Why have I strayed from pleasure and repose,
To seek a good each government bestows?

pour étendre la leur, quand je vois une troupe de facheux s'accorder à reconnaitre l'existence de la liberté si eux-mêmes sont libres, tout juge établir, selon son caprice, de nouvelles lois pénales, les lois écraser les pauvres, et les riches gouverner la loi; l'opulence de climats où errent des nations sauvages, arrachée à des esclaves pour acheter des esclaves dans notre patrie; la crainte, la pitié, la justice et l'indignation tressaillent en moi, m'enlèvent toute réserve, mettent à nu mon cœur gonflé, et, devenu moitié patriote et moitié lâche, je fuis les petits tyrans pour voler auprès du trône.

Oui, mon frère, maudis avec moi cette heure funeste où l'ambition porta le premier coup au pouvoir royal et, souillant ainsi l'honneur dans sa source, permit à l'opulence d'exercer avec une double puissance son empire sur l'âme. N'avons-nous pas vu sur les rivages populeux de la Bretagne les utiles fils de notre patrie échangés contre un métal inutile? N'avons-nous pas vu ses triomphes servir seulement à hâter sa destruction, comme d'étincelants flambeaux qui jettent une lueur plus vive en se consumant? N'avons-nous pas vu l'opulence, pour maintenir sa grandeur, trainer à sa suite la farouche dépopulation et s'étaler dans une pompe stérile et solitaire sur des champs où s'élevaient jadis de nombreux hameaux? N'avons-nous pas vu tomber à l'appel seigneurial du plaisir le riant village habité depuis de longues années? N'avons-nous pas vu le fils respectueux, le père tout cassé de vieillesse, la modeste mère de famille et la timide jeune fille arrachés de leurs foyers pour former un triste cortège et aller parcourir des pays situés au delà de l'Océan occidental, où le sauvage Oswego étend ses vastes marais et où le Niagara vous étourdit de sa voix tonnante?

A l'instant même, peut-être, au moment où quelque pèlerin erre dans ce pays à travers les forêts inextricables et à travers les chemins dangereux où les animaux disputent l'empire à l'homme, et où l'Indien cuivré lance d'une main sûre son trait meurtrier, pendant que la tempête tourbillonne rapidement dans les airs et que des hurlements de détresse se font entendre de tous côtés, le pensif exilé, courbé sous le poids de ses maux, n'osant pas s'arrêter et trop épuisé pour continuer sa route, jette un long regard du côté où brillent les gloires de l'Angleterre et s'unit de sentiment avec moi.

Vaine, bien vaine est ma pénible recherche pour trouver cette félicité dont le centre est dans l'âme. Pourquoi me suis-je écarté du plaisir et du repos pour chercher un bien commun à tous les

In every government, though terrors reign,   425
Though tyrant kings or tyrant laws restrain,
How small, of all that human hearts endure,
That part which laws or kings can cause or cure!
Still to ourselves in every place consigned,
Our own felicity we make or find.   430
With secret course, which no loud storms annoy,
Glides the smooth current of domestic joy;
The lifted axe, the agonizing wheel,
Luke's iron crown[1], and Damiens'[2] bed of steel,
To men remote from power but rarely known,   435
Leave reason, faith, and conscience, all our own.

END OF THE TRAVELLER.

gouvernements? Si chaque gouvernement peut inspirer des ter-
reurs, si des tyrans ou des lois tyranniques y imposent leur joug, la
partie des souffrances humaines que les lois ou les rois peuvent
causer ou guérir demeure bien petite.

Toujours limités à nous-mêmes en tous lieux, c'est nous qui fai-
sons ou trouvons notre propre félicité. Le fleuve tranquille de la joie
domestique poursuit doucement son modeste cours sans être troublé
par les orages bruyants. La hache menaçante, la roue du bourreau,
la couronne de fer de Luc et la couche d'acier de Damiens, supplices
rarement connus par les hommes éloignés du pouvoir, nous lais-
sent la libre disposition de notre raison, de notre foi et de notre
conscie··

FIN DU VOYAGEUR.

THE DESERTED VILLAGE

LE VILLAGE ABANDONNÉ

THE DESERTED VILLAGE.

Sweet Auburn'! loveliest village of the plain,
Where health and plenty cheer'd the labouring swain,
Where smiling Spring its earliest visit paid,
Dde parting Summer's lingering blooms delay'd :
Anar lovely bowers of innocence and ease,   5
Sates of my youth, when every sport could please :
How often have I loiter'd o'er thy green,
Where humble happiness endear'd each scene!
How often have I paused on every charm,
The shelter'd cot, the cultivated farm,   10
The never-failing brook, the busy mill,
The decent church that topp'd the neighbouring hill;
The hawthorn bush, with seats beneath the shade,
For talking age and whispering lovers made!
How often have I bless'd the coming day,   15
When toil, remitting, lent its turn to play,
And all the village train, from labour free,
Led up their sports beneath the spreading tree!
While many a pastime circled in the shade,
The young contending as the old survey'd;   20
And many a gambol frolick'd o'er the ground,
And sleights of art and feats of strength went round;
And still, as each repeated pleasure tired,
Succeeding sports the mirthful band inspired —
The dancing pair that simply sought renown,   25
By holding out to tire each other down;
The swain mistrustless of his smutted face,
While secret laughter titter'd round the place;
The bashful virgin's side-long looks of love;
The matron's glance, that would those looks reprove.   30

LE VILLAGE ABANDONNÉ.

Charmant Auburn! le plus aimable village de la plaine, où la
santé et l'abondance égayaient le paysan laborieux, toi qui recevais
la première visite et le premier sourire du Printemps et où les dernières fleurs de l'Été aimaient à s'attarder : chers et aimables berceaux d'innocence et de paix, séjour de ma jeunesse, à cette époque
où tous les divertissements pouvaient me p'aire, combien de fois
ai-je erré sur ta pelouse où l'humble bonheur donnait du prix à tous
les spectacles! Combien de fois ai-je contemplé tous les charmes,
la cabane abritée, la ferme cultivée, le ruisseau intarissab'e, le
moulin plein d'animation, la modeste église dominant la colline
voisine, les bancs à l'ombre du buisson d'aubépine où les vieillards venaient causer, et les amants échanger leurs confi-lences à
voix basse! Combien de fois ai-je béni l'approche de ce jour où le
travail cessait pour faire place au jeu et où tous les habitants du
village, n'ayant pas à accomplir la tâche quotidienne, se livraient à
leurs divertissements sous les grands arbres! Alors maint groupe
joyeux se formait à l'ombre, et les jeunes gens se livraient à leurs
jeux sous les yeux des vieillards. On gambadait et on folâtrait sur
la pelouse, et ce n'étaient partout que tours d'adresse et tours de
force. Et toujours, quand un plaisir trop prolongé finissait par lasser,
de nouveaux amusements lui succédaient et animaient la bande
joyeuse : c'était un couple de danseurs qui cherchaient simple-
ment la gloire de prolonger la danse jusqu'à ce que l'un des deux
fût complètement épuisé; le paysan, ne s'apercevant pas que son
visage était barbouillé pendant que tous cherchaient à dissimuler
leurs sourires; les regards d'amour lancés de côté par la jeune
fille timide; le coup d'œil de la mère de famille qui voudrait les

These were thy charms, sweet village! sports like these,
With sweet succession, taught e'en toil to please;
These round thy bowers their cheerful influence shed;
These were thy charms — but all these charms are fled.
Sweet smiling village, loveliest of the lawn,　　　　35
Thy sports are fled, and all thy charms withdrawn;
Amidst thy bowers the tyrant's hand is seen,
And Desolation saddens all thy green :
One only master grasps the whole domain,
And half a tillage stints thy smiling plain.　　　　40
No more thy glassy brook reflects the day,
But, choked with sedges, works its weedy way;
Along thy glades, a solitary guest,
The hollow-sounding bittern guards its nest;
Amidst thy desert walks the lapwing flies,　　　　45
And tires their echoes with unvaried cries :
Sunk are thy bowers in shapeless ruin all,
And the long grass o'ertops the mouldering wall;
And, trembling, shrinking from the spoiler's hand,
Far, far away, thy children leave the land.　　　　50
Ill fares the land, to hastening ills a prey,
Where wealth accumulates, and men decay.
Princes and lords may flourish, or may fade;
A breath can make them, as a breath has made;
But a bold peasantry, their country's pride,　　　　55
When once destroy'd, can never be supplied.
A time there was, ere England's griefs began,
When every rood of ground maintain'd its man;
For him light Labour spread her wholesome store,
Just gave what life required, but gave no more:　　　　60
His best companions, Innocence and Health;
And his best riches, ignorance of wealth.
But times are alter'd; Trade's unfeeling train
Usurp the land, and dispossess the swain;
Along the lawn, where scatter'd hamlets rose;　　　　65
Unwieldy wealth and cumbrous pomp repose;
And every want to luxury allied,
And every pang that folly pays to pride.
Those gentle hours that plenty bade to bloom.
Those calm desires that ask'd but little room,　　　　70
Those healthful sports that graced the peaceful scene,
Lived in each look, and brighten'd all the green —
These, far departing, seek a kinder shore,
And rural mirth and manners are no more.

faire cesser. Voilà quels étaient les charmes, aimable village! Ces divertissements dans leur agréable succession apprenaient au travail lui-même à plaire; ils répandaient leur joyeuse influence autour de tes bosquets; tels étaient tes charmes..... mais ils ont tous disparu.

Aimable et riant village, joyau de la prairie, tes divertissements ont disparu, et tous tes charmes n'existent plus; au milieu de tes bosquets, on voit la main du tyran, et la Désolation attriste toute ta pelouse. Un maître unique détient le domaine entier, et une demi-culture laisse dépérir la riante plaine.

Le cristal de ton ruisseau ne reflète plus le jour; tout engorgé de joncs, il a beaucoup de peine à se frayer sa route à travers les mauvaises herbes. Le butor, hôte solitaire de tes clairières, garde son nid en faisant retentir l'air de ses cris sourds; le vanneau vole au milieu de tes promenades désertes, dont il fatigue les échos par ses cris monotones. Tous tes berceaux se sont effondrés et ne présentent plus qu'une ruine informe; de longues herbes couronnent le sommet du mur croulant, et les enfants tout tremblants reculent devant la main du spoliateur, quittent le pays et s'en vont loin, bien loin.

Un pays est bien malade, il est en proie à des maux imminents quand l'opulence s'y accumule et que les hommes y diminuent. Peu importe que les princes et les seigneurs prospèrent ou périssent : un mot peut les créer, comme un mot les a créés. Mais de hardis paysans, l'orgueil de leur patrie, quand ils sont une fois détruits, ne peuvent jamais être remplacés.

Il fut un temps, avant le commencement des maux de l'Angleterre, où tout quart d'arpent entretenait un homme. Le facile travail répandait pour lui sa saine provision, lui donnait exactement ce dont il avait besoin pour vivre, mais ne lui donnait rien de plus. Ses meilleures compagnes étaient l'Innocence et la Santé; son bien le plus précieux, l'ignorance des autres biens.

Mais les temps sont changés; le dur cortège du Commerce usurpe le pays et dépossède le paysan. Le long de la prairie toute parsemée de hameaux, la lourde opulence et la pompe encombrante se sont abattues avec tous les besoins engendrés par le luxe, et toutes les souffrances, tributs divers payés par la folie à l'orgueil.

Ces doux moments, fruits de l'abondance, ces désirs calmes ne demandant que peu de place, ces amusements salutaires, ornements de la paisible scène, qui faisaient briller tous les regards et animaient toute la pelouse, ils s'en vont au loin chercher un rivage plus aimable, et il n'existe plus de gaieté villageoise ni de mœurs champêtres.

Sweet Auburn! parent of the blissful hour,　　　　　75
Thy glades forlorn confess the tyrant's power.
Here, as I take my solitary rounds,
Amidst thy tangling walks and ruin'd grounds,
And, many a year elapsed, return to view
Where once the cottage stood, the hawthorn grew —　80
Remembrance wakes with all her busy train,
Swells at my breast, and turns the past to pain.
　In all my wanderings through this world of care,
In all my griefs — and God has given my share —
I still had hopes, my latest hours to crown,　　　　85
Amidst these humble bowers to lay me down;
To husband out life's taper at the close,
And keep the flame from wasting, by repose :
I still had hopes, for pride attends us still,
Amidst the swains to show my book-learn'd skill,　90
Around my fire an evening group to draw,
And tell of all I felt, and all I saw ,
And, as a hare, whom hounds and horns pursue,
Pants to the place from whence at first she flew,
I still had hopes, my long vexations past,　　　　95
Here to return — and die at home at last.
　O blest retirement, friend to life's decline,
Retreat from care, that never must be mine,
How blest is he who crowns, in shades like these,
A youth of labour with an age of ease;　　　　　100
Who quits a world where strong temptations try,
And, since 'tis hard to combat, learns to fly!
For him no wretches, born to work and weep,
Explore the mine, or tempt the dangerous deep;
No surly porter stands, in guilty state,　　　　　105
To spurn imploring famine from the gate;
But on he moves to meet his latter end,
Angels around befriending virtue's friend;
Sinks to the grave with unperceived decay,
While resignation gently slopes the way;　　　　110
And, all his prospects brightening to the last,
His heaven commences ere the world be past!
　Sweet was the sound, when oft, at evening's close,
Up yonder hill the village murmur rose.
There, as I pass'd with careless steps and slow,　115
The mingled notes came soften'd from below;
The swain responsive as the milk-maid sung,
The sober herd that low'd to meet their young;

Charmant Auburn ! source de tant d'heureux moments, tes clairières désolées attestent le pouvoir du tyran ! Quand je fais ici
mes promenades solitaires au milieu de tes allées remplies de ronces,
et de tes jardins ruinés, quand, après plusieurs années, je reviens
visiter les lieux où se dressait jadis la chaumière, où poussait l'aubépine, mes souvenirs s'éveillent avec leur nombreux cortège, gonflent mon cœur et font du passé un sujet de souffrance.

Dans toutes mes courses vagabondes à travers ce monde de
soucis, dans tous mes chagrins, et Dieu m'en a donné ma part,
j'espérais toujours couronner mes dernières heures en m'établissant
au milieu de ces humbles bosquets ; faire durer en le ménageant le
flambeau de ma vie à son déclin, et empêcher par le repos sa
flamme de s'épuiser trop vite. J'espérais toujours, car l'orgueil ne
nous quitte jamais, montrer au milieu des paysans ma science
acquise dans les livres, réunir le soir autour de mon foyer un
groupe d'amis et leur raconter tout ce que j'avais éprouvé, tout ce
que j'avais vu ; et, comme le lièvre poursuivi par les chasseurs
et par les chiens court tout haletant à la place d'où il est d'abord
parti, j'espérais toujours, quand mes longs ennuis seraient passés,
revenir ici, et enfin mourir au logis.

O heureuse retraite ! amie du déclin de la vie, abri contre les
soucis, et dont je ne dois jamais jouir ; comme il est heureux celui
qui, au milieu d'ombrages comme ceux-ci, couronne une jeunesse
laborieuse par une vieillesse tranquille, quitte un monde où il faut
lutter contre de fortes tentations, et apprend à fuir, puisqu'il est
difficile de combattre ! Pour lui aucun misérable, né pour travailler
et pour souffrir, n'explore la mine ou n'affronte les dangers de la
mer profonde ; aucun portier au visage rébarbatif ne se tient près
de sa porte dans une pompe criminelle pour repousser dédaigneusement le pauvre mourant de faim ; mais il s'avance vers le
terme fatal entouré d'anges protégeant le protecteur de la vertu.
Il descend au tombeau par une pente insensible, car la résignation
lui aplanit la route, embellit ses derniers moments, et le ciel commence pour lui avant que le monde soit passé !

Charmant était le son quand souvent à la tombée de la nuit
le murmure du village s'élevait jusqu'au sommet de cette colline.
Comme j'y passais d'un pas insouciant et lent tous les sons mêlés
de la plaine montaient adoucis jusqu'à moi : le jeune villageois
répondant à la chanson de la vachère, le grave troupeau mugis-

The noisy geese that gabbled o'er the pool,
The playful children just let loose from school;   120
The watch-dog's voice that bay'd the whispering wind,
And the loud laugh that spoke the vacant mind; —
These all in sweet confusion sought the shade,
And fill'd each pause the nightingale had made.
But now the sounds of population fail,   125
No cheerful murmurs fluctuate in the gale,
No busy steps the grass-grown footway tread,
But all the bloomy flush of life is fled —
All but yon widow'd, solitary thing,
That feebly bends beside the plashy spring;   130
She, wretched matron, — forced, in age, for bread,
To strip the brook with mantling cresses spread,
To pick her wintry faggot from the thorn,
To seek her nightly shed, and weep till morn, —
She only left of all the harmless train,   135
The sad historian of the pensive plain.
    Near yonder copse, where once the garden smiled,
And still where many a garden-flower grows wild,
There, where a few torn shrubs the place disclose,
The village preacher's modest mansion rose.   140
A man he was to all the country dear,
And passing rich with forty pounds a year.
Remote from towns he ran his godly race,
Nor e'er had changed, nor wish'd to change, his place;
Unskilful he to fawn, or seek for power   145
By doctrines fashion'd to the varying hour;
Far other aims his heart had learn'd to prize,
More bent to raise the wretched than to rise.
His house was known to all the vagrant train;
He chid their wanderings, but relieved their pain;   150
The long-remember'd beggar was his guest,
Whose beard descending swept his aged breast;
The ruin'd spendthrift, now no longer proud,
Claim'd kindred there, and had his claims allow'd;
The broken soldier, kindly bid to stay,   155
Sat by his fire, and talk'd the night away; —
Wept o'er his wounds, or, tales of sorrow done,
Shoulder'd his crutch, and show'd how fields were won.
Pleased with his guests, the good man learn'd to glow,
And quite forgot their vices in their woe;   160
Careless their merits or their faults to scan,
His pity gave ere charity began.

sant pour appeler ses petits, les oies criardes caquetant sur la mare, les folâtres enfants se précipitant hors de l'école; la voix du chien de garde aboyant au murmure du vent, et le rire bruyant, signe certain d'une âme libre de soucis. Tous ces bruits mêlés dans une charmante confusion arrivaient sous les ombrages et remplissaient les intervalles du chant du rossignol. Mais aujourd'hui on n'entend plus le bruit de la population, la brise n'apporte plus de joyeux murmures, le sentier couvert d'herbe n'est plus foulé par des pas affairés, toute l'animation et tout l'éclat de la vie se sont enfuis. Tout s'est enfui, excepté cette pauvre veuve solitaire qui se courbe péniblement près de la source bourbeuse. Misérable mère de famille, la misère la force dans sa vieillesse à dépouiller le ruisseau du cresson qui le recouvre comme un manteau, à ramasser son fagot pendant l'hiver au buisson d'épines et à rentrer le soir dans sa cabane pour y pleurer jusqu'au matin. Elle est le dernier débris de l'innocente population, et reste seule pour raconter la triste histoire de la triste plaine.

Près de ce taillis où l'on voyait jadis un riant jardin, et où pousse encore aujourd'hui à l'état sauvage mainte fleur délicate, à la place indiquée par des arbrisseaux brisés, s'élevait la modeste demeure du ministre du village. C'était un homme cher à tout le pays, et il était puissamment riche avec quarante livres par an. Il accomplissait sa pieuse carrière loin des villes : jamais il n'avait changé, et il ne désirait pas changer, de résidence. Il ne savait pas flatter bassement, il ne savait pas rechercher le pouvoir par des doctrines adaptées aux circonstances du moment; son cœur avait appris à estimer de bien autres fins, et il était plus porté à relever les misérables qu'à s'élever lui-même. Sa maison était connue de toute la bande des vagabonds. Il leur reprochait leur vagabondage, mais il soulageait leur souffrance. Il avait pour hôte le mendiant connu depuis de longues années et dont la grande barbe blanche balayait la poitrine Le prodigue ruiné, et qui maintenant avait mis de côté toute fierté, venait y faire valoir des droits de parenté toujours reconnus. Le vieux soldat recevait une aimable invitation à rester, il s'asseyait auprès de son feu et passait la nuit à causer; il pleurait sur ses blessures, ou bien, après avoir fait le récit de ses malheurs, il se mettait au port d'armes avec sa béquille et montrait comment on gagne des batailles. Charmé de ses convives, cet homme de bien apprenait à s'enthousiasmer, et la vue de leur malheur lui faisait oublier complètement leurs vices. Il ne se préoccupait pas d'examiner leurs qualités ou leurs défauts, et sa pitié donnait avr v que la charité lui en fît un devoir.

Thus to relieve the wretched was his pride,
And even his failings lean'd to virtue's side;
But in his duty prompt at every call,   165
He watch'd and wept, he pray'd and felt for all :
And, as a bird each fond endearment tries,
To tempt its new-fledged offspring to the skies,
He tried each art, reproved each dull delay,
Allured to brighter worlds, and led the way.   170
    Beside the bed where parting life was laid,
And sorrow, guilt, and pain, by turns dismay'd,
The reverend champion stood. At his control,
Despair and anguish fled the struggling soul;
Comfort came down the trembling wretch to raise,   175
And his last faltering accents whisper'd praise.
    At church, with meek and unaffected grace,
His looks adorn'd the venerable place;
Truth from his lips prevail'd with double sway,
And fools, who came to scoff, remain'd to pray.   180
The service past, around the pious man,
With steady zeal, each honest rustic ran;
E'en children follow'd, with endearing wile,
And pluck'd his gown, to share the good man's smile;
His ready smile a parent's warmth express'd;   185
Their welfare pleased him, and their cares distress'd :
To them his heart, his love, his griefs were given,
But all his serious thoughts had rest in heaven.
As some tall cliff that lifts its awful form,
Swells from the vale, and midway leaves the storm,   190
Though round its breast the rolling clouds are spread,
Eternal sunshine settles on its head.
    Beside yon straggling fence that skirts the way,
With blossom'd furze unprofitably gay,
There, in his noisy mansion, skill'd to rule,   195
The village master taught his little school.
A man severe he was, and stern to view;
I knew him well, and every truant knew :
Well had the boding tremblers learn'd to trace
The day's disasters in his morning face;   200
Full well they laugh'd with counterfeited glee
At all his jokes, for many a joke had he;
Full well the busy whisper, circling round,
Convey'd the dismal tidings when he frown'd.
Yet he was kind, or if severe in aught,   205
The love he bore to learning was in fault.

Ainsi il mettait son orgueil à secourir les misérables, et ses défauts mêmes inclinaient du côté de la vertu. Mais, quand il s'agissait de son devoir, il était prompt à se rendre au premier appel, et il veillait, pleurait, priait et s'émouvait pour tous. Comme un oiseau essaye l'effet de ses p'us tendres caresses pour engager ses petits nouvellement couverts de plumes à monter vers les cieux, de même il essayait de tous les moyens, reprochait toute hésitation inexplicable, attirait vers des mondes plus brillants et montrait lui-même la route.

Près du lit où gisait le moribond en proie tour à tour au chagrin, au remords et à la douleur, se tenait le révérend champion. Sous son influence, le désespoir et l'angoisse fuyaient l'âme qui se débattait dans ses dernières convulsions; la consolation descendait pour relever le misérable tremblant, et ses dernières paroles entrecoupées étaient un murmure de louanges.

A l'église, où il paraissait avec une modestie dépourvue d'affectation, sa présence ornait le sanctuaire. La vérité, en tombant de ses lèvres, acquérait une double force, et les sots qui venaient pour railler restaient pour prier. Après le service, tous les honnêtes paysans s'empressaient de courir auprès de cet homme pieux, les enfants eux-mêmes le suivaient et, d'un geste espiègle et câlin, ils le tiraient par sa robe pour avoir leur part de sourire de cet homme de bien; son bon sourire témoignait du zèle d'un père, il était content de leur bien-être et il se désolait de leurs soucis. Son cœur, son affection, ses chagrins leur appartenaient, mais toutes ses pensées sérieuses étaient au ciel. De même, un grand rocher élève sa forme imposante et se dresse au-dessus de la vallée; il laisse l'orage à mi-chemin, et, quoique les nuages tourbillonnent autour de ses flancs, sa tête est éclairée par un soleil éternel.

A côté de cette haie vagabonde qui borde la route et qu'embellit inutilement un genêt en fleurs, dans sa bruyante demeure le maître du village, qui savait bien gouverner les enfants, tenait sa petite école. C'était un homme sévère et à l'air dur; je le connaissais bien et tous les polissons le connaissaient. Les trembleurs pleins de tristes pressentiments avaient bien appris à lire dès le matin sur son visage les désastres du jour. Ils accueillaient avec les éclats de rire d'une joie forcée toutes ses plaisanteries, car il plaisantait souvent. Le chuchotement empressé parcourant les bancs ne manquait jamais de répandre la funeste nouvelle quand il fronçait le sourcil. Cependant il était bon, ou si parfois il était sévère, l'amour qu'il

The village all declared how much he knew;
'Twas certain he could write, and cipher too;
Lands he could measure, terms and tides presage¹,
And even the story ran that he could gauge.   210
In arguing, too, the parson own'd his skill,
For even though vanquish'd, he could argue still;
While words of learned length and thundering sound
Amazed the gazing rustics ranged around;
And still they gazed, and still the wonder grew,   215
That one small head could carry all he knew.
But past is all his fame; — the very spot
Where many a time he triumph'd, is forgot.

   Near yonder thorn, that lifts its head on high,
Where once the sign-post caught the passing eye,   220
Low lies that house where nut-brown draughts inspired,
Where grey-beard mirth and smiling toil retired,
Where village statesmen talk'd with looks profound,
And news much older than their ale went round.
Imagination fondly stoops to trace   225
The parlour splendours of that festive place :
The whitewash'd wall, the nicely-sanded floor,
The varnish'd clock that click'd behind the door,
The chest, contrived a double debt to pay,
A bed by night, a chest of drawers by day,   230
The pictures placed for ornament and use,
The twelve good rules², the royal game of goose,
The hearth, except when winter chill'd the day,
With aspen boughs, and flowers, and fennel, gay; —
While broken tea-cups, wisely kept for show,   235
Ranged o'er the chimney, glisten'd in a row.

   Vain transitory splendours! could not all
Reprieve the tottering mansion from its fall?
Obscure it sinks, nor shall it more impart
An hour's importance to the poor man's heart;   240
Thither no more the peasant shall repair,
To sweet oblivion of his daily care;
No more the farmer's news, the barber's tale,
No more the woodman's ballad shall prevail;
No more the smith his dusky brow shall clear,   245
Relax his ponderous strength, and lean to hear;
The host himself no longer shall be found
Careful to see the mantling bliss go round;
Nor the coy maid, half willing to be prest,
Shall kiss the cup to pass it to the rest.   250

portait à la science en était la cause. Le village tout entier procla
mait son savoir; il était certain qu'il savait écrire et aussi chiffrer;
il savait arpenter, il annonçait d'avance la date des sessions des tribunaux et des fêtes religieuses, et même le bruit courait qu'il savait
jauger. Le pasteur reconnaissait aussi son habileté dans la discus-
sion, car, même quand il était vaincu, il pouvait encore argumenter :
alors les grands mots savants retentissaient avec un bruit de tonnerre et émerveillaient le cercle des rustres ébahis. Ils continuaient
de le regarder, et se demandaient toujours avec étonnement comment une si petite tête pouvait contenir tant de science. Mais toute
sa renommée a disparu. Le champ même de ses nombreuses vic-
toires est oublié.

Près de ce buisson d'épines qui dresse sa tête dans les airs, où
jadis l'enseigne attirait le regard du passant, gît effondrée la maison où la liqueur brune répandait la joie, où se rendaient la gaieté
à la barbe grise et le travail souriant, où les hommes d'État du
village discouraient d'un air profond, et où circulaient des nouvelles
beaucoup plus vieilles que leur bière. L'imagination se retrace vo-
lontiers les splendeurs de la salle de ce joyeux endroit : le mur
blanchi à la chaux, le plancher bien sablé, l'horloge vernie dont on
entendait le tic-tac derrière la porte, le coffre à deux fins, lit pendant
la nuit et commode pendant le jour, les tableaux destinés à l'orne-
ment et à l'utilité, les douze préceptes du bon roi Charles Ier, le
royal jeu de l'oie, le foyer égayé par des rameaux de tremble, des
fleurs et du fenouil, excepté pendant l'âpre saison d'hiver; sur la
cheminée une brillante rangée de tasses à thé ébréchées soigneuse-
men^t conservées pour la montre.

Splendeurs vaines et éphémères! ne pouvaient-elles pas à elles
toutes arrêter la chute de la maison chancelante? Obscure, elle
s'affaisse, et elle ne donnera plus au cœur du pauvre une heure
d'importance. Le paysan n'ira plus y chercher le doux oubli de ses
soucis quotidiens. On n'y entendra plus les nouvelles du fermier,
le récit du barbier, la ballade du bûcheron; on ne verra plus le for-
geron essuyer son front noirci, détendre ses muscles massifs et se
pencher pour les écouter. On ne trouvera plus l'aubergiste lui-même
soucieux de voir le pot de bière couronné de mousse égayer les
convives à la ronde, et la timide jeune fille, voulant un peu se faire
prier, ne trempera plus ses lèvres dans la coupe avant de la passer
aux buveurs.

4

Yes! let the rich deride, the proud disdain,
These simple blessings of the lowly train;
To me more dear, congenial to my heart,
One native charm, than all the gloss of art.
Spontaneous joys, where nature has its play,   255
The soul adopts, and owns their first-born sway;
Lightly they frolic o'er the vacant mind,
Unenvied, unmolested, unconfined :
But the long pomp, the midnight masquerade,
With all the freaks of wanton wealth array'd,   260
In these, ere triflers half their wish obtain,
The toiling pleasure sickens into pain ;
And, even while Fashion's brightest arts decoy,
The heart distrusting asks, if this be joy?
Ye friends to truth, ye statesmen, who survey   265
The rich man's joy increase, the poor's decay,
'Tis yours to judge how wide the limits stand
Between a splendid and a happy land.
Proud swells the tide with loads of freighted ore,
And shouting Folly hails them from her shore;   270
Hoards, even beyond the miser's wish, abound,
And rich men flock from all the world around.
Yet count our gains. This wealth is but a name
That leaves our useful products still the same.
Not so the loss. The man of wealth and pride   275
Takes up a space that many poor supplied;
Space for his lake, his park's extended bounds,
Space for his horses, equipage, and hounds;
The robe that wraps his limbs in silken sloth,
Has robb'd the neighbouring fields of half their growth ; 280
His seat, where solitary sports are seen,
Indignant spurns the cottage from the green;
Around the world each needful product flies,
For all the luxuries the world supplies;
While thus the land, adorn'd for pleasure all,   285
In barren splendour feebly waits the fall.
As some fair female, unadorn'd and plain,
Secure to please while youth confirms her reign,
Slights every borrow'd charm that dress supplies,
Nor shares with art the triumph of her eyes;   290
But when those charms are past, for charms are frail,
When time advances, and when lovers fail,
She then shines forth, solicitous to bless,
In all the glaring impotence of dress :

Oui! laissons les riches railler et les orgueilleux dédaigner ces
simples biens des humbles; un charme naturel m'est plus cher,
est plus sympathique à mon cœur, que tout l'éclat de l'art. L'âme
adopte les joies spontanées quand la nature peut librement se montrer, et reconnaît l'autorité attachée à leur droit d'aînesse. Elles
folâtrent légèrement à travers l'âme libre de soucis, sans exciter
l'envie, sans être inquiétées, sans être limitées. Mais dans les cérémonies pompeuses et interminables, dans les mascarades nocturnes,
parées de tous les caprices de l'opulence dissolue, avant que les
personnes frivoles obtiennent la moitié de leur désir, le plaisir fati-
gant dégénère en souffrance. Et même quand la vie mondaine met
en œuvre ses plus brillantes ressources pour le séduire, le cœur
méfiant demande si c'est là de la joie?

Vous, amis de la vérité, vous, hommes d'État qui voyez augmenter
les joies du riche et diminuer celles du pauvre, c'est à vous de juger
la distance qui sépare les limites d'un pays splendide de celles
d'un pays heureux. Les flots se soulèvent orgueilleusement sous des
navires chargés de métaux précieux, et la Folie les salue de ses
acclamations sur le rivage; nous sommes comblés de trésors qui
dépasseraient tous les désirs d'un avare, et des hommes riches
accourent de toutes les parties du monde. Cependant comptez
nos gains. Cette opulence est purement nominale, et laisse toujours nos produits utiles dans le même état. Il n'en est pas de
même de nos pertes. L'homme riche et orgueilleux occupe un
espace qui subvenait aux besoins de plusieurs pauvres : espace pour
son lac et pour les vastes limites de son parc, espace pour ses che-
vaux, ses équipages et ses chiens. Le vêtement qui enveloppe de
soie ses membres indolents a ravi aux champs voisins la moitié de
leur récolte. Son château, où l'on voit des divertissements solitaires,
repousse avec indignation la chaumière loin de sa pelouse. Toutes
les denrées de première nécessité sont rapidement dispersées dans
tous les pays du monde en échange des produits délicieux fournis
par ces pays; mais cette terre ornée uniquement pour le plaisir et
sans vigueur dans sa splendeur stérile, attend l'heure de sa ruine.

Une belle femme simple et sans ornements, assurée de plaire
tant que la jeunesse lui garantit l'empire, dédaigne tous les charmes empruntés de la toilette et ne partage pas avec l'art le triom-
phe de ses yeux; mais quand ces charmes ont disparu, car les
charmes sont fragiles, quand le temps s'avance et que les amants
se retirent, alors, désireuse de plaire, elle se montre dans toute
l'éblouissante impuissance de la toilette. Il en est de même du pays

Thus fares the land by luxury betray'd,   295
In nature's simplest charms at first array'd; —
But verging to decline, its splendours rise,
Its vistas strike, its palaces surprise;
While, scourged by famine, from the smiling land
The mournful peasant leads his humble band   300
And while he sinks, without one arm to save,
The country blooms — a garden and a grave!
   Where, then, ah! where shall poverty reside,
To 'scape the pressure of contiguous pride?
If to some common's fenceless limits stray'd,   305
He drives his flock to pick the scanty blade,
Those fenceless fields the sons of wealth divide,
And even the bare-worn common is denied.
   If to the city sped — what waits him there?
To see profusion that he must not share;   310
To see ten thousand baneful arts combined
To pamper luxury and thin mankind;
To see each joy the sons of pleasure know,
Extorted from his fellow-creature's woe :
Here, while the courtier glitters in brocade,   315
There, the pale artist plies the sickly trade;
Here, while the proud their long-drawn pomp display,
There the black gibbet glooms beside the way :
The dome where Pleasure holds her midnight reign,
Here, richly deck'd, admits the gorgeous train;   320
Tumultuous grandeur crowds the blazing square,
The rattling chariots clash, the torches glare.
Sure scenes like these no troubles e'er annoy!
Sure these denote one universal joy! —
Are these thy serious thoughts? — Ah, turn thine eyes 325
Where the poor houseless shivering female lies :
She once, perhaps, in village plenty bless'd,
Has wept at tales of innocence distress'd;
Her modest looks the cottage might adorn,
Sweet as the primrose peeps beneath the thorn :   330
Now lost to all; her friends, her virtue fled,
Near her betrayer's door she lays her head,
And, pinch'd with cold, and shrinking from the shower,
With heavy heart deplores that luckless hour,
When idly first, ambitious of the town,   335
She left her wheel, and robes of country brown.
   Do thine, sweet Auburn, thine, the loveliest train,
Do thy fair tribes participate her pain?

trahi par le luxe : il est d'abord paré des charmes les plus simples de la nature; mais, quand il penche vers le déclin, ses splendeurs apparaissent, ses avenues attirent les regards, ses palais surprennent; et alors le triste paysan, sous le fouet de la famine, conduit son humble famille loin du riant pays; il s'affaisse sans qu'un seul bras s'avance pour le sauver et la campagne fleurit, un jardin et une tombe!

Ah! où donc, où la pauvreté résidera-t-elle pour échapper à l'oppression de l'orgueil qui la coudoie? Si après avoir erré jusqu'aux limites sans clôture d'un pré communal, le paysan y conduit son troupeau brouter l'herbe clair-semée, les fils de l'opulence se partagent ces champs sans clôture et le repoussent même du pré communal dont l'herbe a été broutée jusqu'à la racine.

S'il court à la ville, qu'y verra-t-il? Il y verra une profusion dont il ne doit pas avoir sa part; il y verra dix mille arts funestes s'unir pour rassasier le luxe et pour diminuer l'humanité; il y verra toutes les joies des fils du plaisir extorquées au malheur de son semblable. Pendant que le courtisan étale les brillantes couleurs de son habit de brocart, le pâle artisan travaille assidûment au métier malsain; pendant que les orgueilleux déploient la pompe de leurs cérémonies interminables, on voit se dresser au bord de la route le sombre et noir gibet; l'édifice où le Plaisir tient sa cour nocturne reçoit dans ses riches appartements le somptueux cortège; la grandeur tumultueuse encombre la place toute resplendissante de lumière, les voitures font retentir le pavé sous leurs roues rapides, les torches brillent. Assurément jamais aucune peine ne vient troubler des scènes comme celles-ci! Assurément ces scènes dénotent une joie universelle! Sont-ce là tes pensées sérieuses? Ah! tourne les yeux du côté où cette pauvre femme sans asile s'est affaissée toute frissonnante. Heureuse jadis, pendant la prospérité du village, elle a peut-être pleuré en entendant parler de l'innocence tombée dans la détresse; son air modeste pourrait orner la chaumière, comme l'aimable primevère perçant sous l'épine; maintenant, perdue pour tous, car ses amis et sa vertu se sont enfuis, elle appuie sa tête près de la porte de son séducteur, saisie par le froid piquant et essayant de s'abriter contre l'averse. Elle déplore dans l'amertume de son cœur cette heure malheureuse où, ambitieuse d'habiter la ville, elle quitta follement pour la première fois son rouet et ses vêtements rustiques.

Tes enfants, charmant Auburn, tes enfants aimables entre tous,

E'en now, perhaps, by cold and hunger led,
At proud men's doors they ask a little bread?   310
    Ah, no. To distant climes, a dreary scene,
Where half the convex world intrudes between.
Through torrid tracts with fainting steps they go,
Where wild Altama murmurs to their woe.
Far different there from all that charm'd before,   315
The various terrors of that horrid shore;
Those blazing suns that dart a downward ray,
And fiercely shed intolerable day;
Those matted woods where birds forget to sing,
But silent bats in drowsy clusters cling;   320
Those poisonous fields, with rank luxuriance crown'd,
Where the dark scorpion gathers death around;
Where at each step the stranger fears to wake
The rattling terrors of the vengeful snake;
Where crouching tigers wait their hapless prey,   325
And savage men more murderous still than they :
While oft in whirls the mad tornado flies,
Mingling the ravaged landscape with the skies.
Far different these from every former scene,
The cooling brook, the grassy-vested green,   360
The breezy covert of the warbling grove,
That only shelter'd thefts of harmless love.
    Good Heaven! what sorrows gloom'd that parting day,
That call'd them from their native walks away;
When the poor exiles, every pleasure past,   365
Hung round the bowers, and fondly looked their last,
And took a long farewell, and wish'd in vain,
For seats like these beyond the western main;
And shuddering still to face the distant deep,
Return'd and wept, and still return'd to weep!   370
The good old sire the first prepared to go
To new-found worlds, and wept for others' woe;
But for himself, in conscious virtue brave,
He only wish'd for worlds beyond the grave.
His lovely daughter, lovelier in her tears,   375
The fond companion of his helpless years,
Silent went next, neglectful of her charms,
And left a lover's for a father's arms.
With louder plaints the mother spoke her woes,
And bless'd the cot where every pleasure rose,   380
And kiss'd her thoughtless babes with many a tear,
And clasp'd them close, in sorrow doubly dear;

les blonds enfants participent-ils à sa souffrance? En cet instant
même, peut-être, poussés par le froid et par la faim, ils demandent
un peu de pain aux portes des hommes orgueilleux?

Ah! non. Vers de lointains climats, dans de tristes lieux où la
moitié du globe se dresse entre eux et leur pays natal, à travers des
régions torrides, ils s'avancent d'un pas chancelant jusqu'aux bords
où les murmures du sauvage Altama répondent à leurs plaintes.
Bien différentes de tout ce qui les charmait auparavant sont les
scènes terribles et diverses de cet horrible rivage; ces soleils flam-
boyants qui dardent leurs rayons perpendiculaires et répandent une
chaleur brûlante et insupportable; ces forêts inextricables où les
oiseaux oublient de chanter et où des chauves-souris silencieuses et
somnolentes s'accrochent en grappes, ces champs empoisonnés comblés d'une fertilité excessive où le sombre scorpion répand la mort
autour de lui; où à chaque pas l'étranger craint d'éveiller les ter-
reurs résonnantes du serpent vindicatif; ou des tigres rampants
et des hommes sauvages, encore plus cruels, guettent leur malheureuse proie; pendant que souvent l'ouragan furieux vole en tour-
billons et confond le paysage ravagé avec les cieux. Combien ces
scènes diffèrent de toutes celles d'autrefois : le frais ruisseau, la verte
pelouse, le bosquet caressé par la brise, tout plein du gazouillement
des oiseaux, et n'abritant que les larcins de l'innocent amour!

Juste ciel! quels chagrins assombrirent ce dernier jour qui les
arracha à leur terre natale, quand les pauvres exilés, après avoir
perdu tous leurs plaisirs, s'attardaient autour des bosquets, les
regardaient tendrement pour la dernière fois, leur disaient un long
adieu, et souhaitaient en vain de trouver des séjours semblables à
ceux-ci au delà de l'océan occidental. Frissonnant toujours en voyant
devant eux dans le lointain la plaine liquide, ils se retournaient
et pleuraient, et se retournaient encore pour pleurer! Le bon
vieux père se prépara le premier à partir pour les mondes nouvellement découverts, et il pleurait sur le malheur des autres; mais pour
lui-même, puisant sa bravoure dans le sentiment de sa vertu, il
soupirait seulement après les mondes au delà du tombeau. Son
aimable fille, plus aimable encore au milieu de ses larmes, la tendre
compagne de ses années impuissantes, le suivit silencieuse et insou-
ciante de ses charmes, quittant les bras d'un amant pour ceux d'un
père. La mère exhala ses plaintes d'une manière plus bruyante, dit
un tendre adieu à la chaumière témoin de toutes ses joies, baisa en
les inondant de larmes ses petits enfants insouciants et les serra
étroitement dans ses bras, car le chagrin les lui rendait doublement

Whilst her fond husband strove to lend relief
In all the silent manliness of grief.
   O Luxury, thou cursed by Heaven's decree,   385
How ill exchanged are things like these for thee!
How do thy potions, with insidious joy,
Diffuse their pleasures only to destroy!
Kingdoms by thee to sickly greatness grown,
Boast of a florid vigour not their own;   390
At every draught more large and large they grow,
A bloated mass of rank unwieldy woe;
Till sapp'd their strength, and every part unsound,
Down, down they sink, and spread a ruin round.
   E'en now, the devastation is begun,   395
And half the business of destruction done;
E'en now, methinks, as pondering here I stand,
I see the rural Virtues leave the land.
Down where yon anchoring vessel spreads the sail
That idly waiting flaps with every gale,   400
Downward they move, a melancholy band,
Pass from the shore, and darken all the strand;
Contented Toil, and hospitable Care,
And kind connubial Tenderness are there;
And Piety with wishes placed above,   405
And steady Loyalty, and faithful Love.
   And thou, sweet Poetry, thou loveliest maid,
Still first to fly where sensual joys invade!
Unfit, in these degenerate times of shame,
To catch the heart, or strike for honest fame;   410
Dear charming nymph, neglected and decried,
My shame in crowds, my solitary pride;
Thou source of all my bliss and all my woe,
That found'st me poor at first, and keep'st me so;
Thou guide by which the nobler arts excel,   415
Thou nurse of every virtue, fare thee well!
Farewell! and oh! where'er thy voice be tried,
On Torno's¹cliffs, or Pambamarca's²side,
Whether where equinoctial fervours glow,
Or winter wraps the polar world in snow,   420
Still let thy voice, prevailing over time,
Redress the rigours of th' inclement clime;
Aid slighted Truth with thy persuasive strain;
Teach erring man to spurn the rage of gain;
Teach him that states, of native strength possest,   425
Though very poor, may still be very blest;

chers; pendant que son tendre mari, dont la douleur virile était silencieuse, s'efforçait de la consoler.

O Luxe, maudit du ciel, comme on a tort d'abandonner de pareilles choses pour te posséder! Tes breuvages procurent de fausses joies et ne répandent leurs plaisirs que pour détruire! Des royaumes à qui tu as communiqué une grandeur maladive se vantent d'une vigueur et d'un éclat d'emprunt; chaque gorgée les rend de plus en plus gros et en fait une masse boursouflée par un excès de maux; ainsi alourdis leur force est sapée, chacune de leurs parties se corrompt, et ils s'affaissent en répandant la ruine autour d'eux.

Déjà même la dévastation est commencée, et la moitié de l'œuvre de destruction est faite. Déjà même, pendant que je m'arrête à méditer ici, il me semble voir les Vertus champêtres quitter le pays. Là-bas où ce vaisseau à l'ancre étend sa voile qui dans l'attente oisive frappe le mât à chaque coup de vent, elles descendent en formant une troupe mélancolique, quittent le rivage et assombrissent la plage; le Travail content et le Soin hospitalier et l'aimable Tendresse conjugale sont là! et la Piété avec des souhaits ayant pour objet les choses d'en haut, et la ferme Loyauté et le constant Amour.

Et toi, douce Poésie, aimable Vierge, toujours la première à t'enfuir devant l'invasion des joies sensuelles! Tu es incapable dans ces temps vils et dégénérés de t'emparer du cœur ou de le faire s'éprendre d'une honnête renommée; chère et charmante nymphe négligée et diffamée, ma honte dans la foule et mon orgueil dans la solitude; source de toute ma félicité et de tout mon malheur, qui me trouvas pauvre à mes débuts et m'as laissé tel; guide sûr pour faire triompher les nobles arts, nourrice de toutes les vertus, adieu! adieu! Oh! partout où tu essayes d'élever la voix, sur les rochers de Tornéa ou sur les flancs du Pambamarca, ou bien à l'endroit où se font sentir les chaleurs de l'équinoxe ou bien où l'hiver recouvre de neige le monde polaire, puisse toujours la voix, triomphant du temps, corriger les rigueurs du climat inclément. Viens avec tes accents persuasifs au secours de la Vérité dédaignée; apprends à l'homme faillible à mépriser la fureur du gain; enseigne-lui que les États doués d'une force native peuvent être très heu-

That Trade's proud empire hastes to swift decay,
As ocean sweeps the labour'd mole away;
While self-dependent power can time defy,
As rocks resist the billows and the sky.   430

END OF THE DESERTED VILLAGE.

reux tout en étant très pauvres. Le fier empire du Commerce les
précipite rapidement vers la décadence, comme l'océan emporte la
digue qui a coûté tant de travail ; mais le pouvoir dépendant de soi-
même peut défier le temps, comme les rocs résistent aux flots et
aux tempêtes.

FIN DU VILLAGE ABANDONNÉ.

NOTES DU TRAVELLER

Page 14, note 1. — *Corinthia.* Province minière de l'Autriche (Illyrie). Goldsmith la visita en 1755.

Note 2. — *Boor.* On nomme *Boërs* les colons d'origine hollandaise qui, après la cession de la colonie du Cap faite par la Hollande à l'Angleterre en 1814, voulant se soustraire à la domination anglaise, allèrent s'établir à Port-Natal, d'où ils furent chassés en 1840. Ils occupèrent ensuite le pays situé entre le fleuve Orange et l'un de ses affluents, le Wahal, où ils fondèrent la République du Transwahal. Les Anglais s'emparèrent de leur territoire en 1877.

Note 3. — *Campania.* La Campanie, aujourd'hui Terre de Labour, province de l'Italie Méridionale. Goldsmith veut parler ici de la *Campana di Roma*, Campagne de Rome, pays qui est rendu presque inhabitable par la *malaria*.

Page 16, note 1. — Le — (*dash*) est un signe de ponctuation secondaire qui a divers sens chez les auteurs anglais. Il indique une suspension du sens, une transition, une apposition ou une explication. Il se place souvent au commencement et à la fin d'une phrase incidente servant à expliquer ce qu'on vient de dire. Il correspond toujours en français aux points de suspension, aux deux points ou à la parenthèse.

Note 2. — *Long nights.* Au nord du cercle polaire arctique, les nuits d'hiver et les jours d'été durent plusieurs semaines.

Note 3. — *At the line.* Ligne, abréviation de l'expression « ligne équinoxiale », désigne l'équateur.

Note 4. — *Gold sands.* Il s'agit ici de la Côte d'Or et de la Côte de Guinée, qui forment une partie de la côte occidentale de l'Afrique.

Note 5. — Vin fait avec la sève du palmier ou du cocotier.

Page 18, note 1. — *Idra.* Il faut lire *Idria*, ville autrichienne de la Carniole, en Illyrie, endroit stérile près duquel se trouvent des mines de mercure; ou *Idro*, village situé sur le lac de ce nom, en Lombardie.

Note 2. — *Apennine.* Ce mot s'emploie ordinairement au pluriel. Il dérive du celtique *pen*, sommet. C'est une longue chaîne de montagnes qui traversent l'Italie dans toute sa longueur.

Page 20, note 1. — Au xv⁰ siècle, le commerce avait rendu très florissantes les villes de Venise, Gênes, Florence et Pise.

Note 2. — La découverte de l'Amérique en 1490 et de la route des Indes par le cap de Bonne-Espérance en 1497 éloignèrent le commerce des rivages de la Méditerranée.

Page 22, note 1. — *Sword.* Pendant longtemps, les Suisses fournirent des soldats mercenaires à tous les princes de l'Europe.

Page 24, note 1. — Modestie de poète : Goldsmith jouait très bien de la flûte.

Page 26, note 1. — *Holland.* Mot formé par syncope de *Hollowland* (pays creux). Ce nom est aussi donné à une partie du comté de Lincoln en Angleterre.

Note 2. — *Rampire.* Ancienne forme du mot *rampart*, qui se trouv dans Shakespeare, Dryden et Pope.

Page 28, note 1. — *Craft.* Dans le vieil anglais, ce mot avait le sens de *power* ou de *skill*, sens qu'il a conservé dans *Handicraft, craftsman* et *woolcraft.*

Note 2. — *Arcadian.* La fertilité de l'Arcadie, province du Péloponèse (Morée), est devenue proverbiale.

Note 3 — *Hydaspes.* C'est aujourd'hui le Djelem, rivière de l'Inde, sur les bords de laquelle Porus fut vaincu par Alexandre.

Page 32, note 1. — *Oswego.* Rivière de l'État de New-York (États-Unis, qui unit les lacs Oneida et Ontario.

Note 2. — *Niagara.* Rivière des États-Unis qui unit les lacs Érié et Ontario. Elle forme deux chutes qui sont les plus grandes du monde. Le nom de cette rivière est tiré de la langue des Indiens d'Amérique et signifie *eau de tonnerre.*

Page 34, note 1. — *Luke's iron crown.* En 1514, les paysans de Hongrie, conduits par Georges et Luc Dosa, se révoltèrent contre les seigneurs. Georges, et non pas Luc, fut pris et assis sur un trône de fer rougi au feu avec une couronne et un sceptre du même métal également rougi au feu.

Note 2. — *Damiens' bed of steel.* — En 1757, Damiens frappa Louis XV d'un coup de couteau. Il fut écartelé sur la place de Grève, à Paris, après avoir subi la torture sur un lit de fer.

———————

NOTES DU DESERTED VILLAGE

Page 38, note 1. — *Auburn.* Sous ce nom, Goldsmith désigne le village de Lissoy, près d'Athlone, en Irlande, où son frère, Henry Goldsmith, à qui il dédia ce poème, était Recteur.

Page 40, note 1. — *Truant.* Du français *truand*, vagabond qui mendie par fainéantise. Truand vient lui-même du celtique *tyran*, vagaboud.

Page 48, note 1. — *Terms and tides presage.* Jeu de mots par allitération (Terms Tides) qu'il est impossible de rendre en français. Les tribunaux anglais siégent quatre fois par an à Westminster. Ces quatre époques s'appellent Hilary-*term*, Easter-*term*, Trinity-*term*, Michaelmas-*term*. Les noms de plusieurs fêtes religieuses se terminent en *tide* : Whitsun*tide*, Shrove *tide*, Christ-*tide* (ancien nom de Christmas) Dans le vieil anglais, *tide* avait exactement le même sens que *time*. Il a encore conservé ce sens dans le mot *tidings*.

Note 2. — *Twelve good rules.* Les douze préceptes suivants que le roi Charles I écrivit, dit-on, pendant sa captivité :

1° Urge no healths.
2° Profane no divine ordinance.
3° Touch no state matters.
4° Reveal no secrets.
5° Pick no quarrels.
6° Make no companions.
7° Maintain no ill opinions.
8° Keep no bad company.
9° Encourage no vice.
10° Make no long meals.
11° Repeat no grievances.
12° Lay no wagers.

Page 51, note 1. — *Altama*. Abréviation pour Altamaha. corps d'eau de la Géorgie (États-Unis).

Page 56, note 1. — *Torno*. Fleuve qui sépare la Suède de la Russie.

Note 2. — *Pambamarca* Montagne des Andes, près de Quito, dans l'Équateur (Amérique du Sud).

————

Coulommiers. — Typ. Paul BRODARD.

NOTICE

DE

LIVRES CLASSIQUES

A L'USAGE

1° DE L'ENSEIGNEMENT SECONDAIRE CLASSIQUE

(LYCÉES, COLLÉGES, SÉMINAIRES, INSTITUTIONS ET PENSIONS)

2° DE L'ENSEIGNEMENT SUPÉRIEUR

PARIS

LIBRAIRIE HACHETTE ET Cie

79, BOULEVARD SAINT-GERMAIN, 79

Novembre 1892

TABLES DES MATIÈRES

On adressera franco aux personnes qui en feront la demande :

Le catalogue des livres d'éducation et d'enseignement;

Le catalogue des livres de littérature générale et de connaissances utiles;

Le catalogue des livres reliés pour les distributions de prix;

Le catalogue des livres à l'usage des bibliothèques populaires;

Le catalogue des livres pour étrennes;

Le catalogue des livres espagnols;

Le catalogue des fournitures de classes;

Le catalogue du matériel nécessaire pour l'enseignement pratique des sciences

1° PÉDAGOGIE

Bigot (Ch.), *Questions d'enseignement secondaire*. 1 vol. in-16 br. 3 fr. 50

Bréal (Michel), inspecteur général de l'instruction publique. *Quelques mots sur l'instruction publique en France*. 1 vol. in-16, broché. 3 fr. 50

— *Excursions pédagogiques* en Allemagne, en Belgique et en France. 1 vol. in-16, broché. 3 fr. 50

— *De l'enseignement des langues anciennes*. 1 vol. in-16, broché. 2 fr.

— *Réforme de l'orthographe française*. 1 vol. in-16, broché. 1 fr.

Compayré. *Histoire critique des doctrines de l'éducation en France depuis le XVIᵉ siècle*. 2 vol. in-16, brochés. 7 fr.

— *Études sur l'enseignement et sur l'éducation*. 1 vol. in-16, broché. 3 fr. 50

Ferneuil. *La réforme de l'enseignement en France*. 1 vol. in-16, br. 3 fr. 50

Fouillée (A.), ancien maître de conférences à l'École normale supérieure. *L'enseignement au point de vue national*. 1 vol. in-16, broché. 3 fr. 50

Gréard (O.), vice-recteur à l'Académie de Paris. *Éducation et instruction*. 3 vol. in-16, brochés :

— *Enseignement secondaire*. 2 vol. 7 fr.

— *Enseignement supérieur*. 1 vol. 3 fr. 50
Chaque ouvrage se vend séparément.

Martin. *L'éducation du caractère*. 1 vol. in-16, broché. 3 fr. 50

Rochard (Dᵣ Jules). *L'éducation de nos fils*. 1 vol in-16, broché. 3 fr. 50

— *L'éducation de nos filles*. 1 vol. in-16, broché. 3 fr. 50

2° PROGRAMMES ET MANUELS POUR DIVERS EXAMENS

Livret scolaire à l'usage de l'enseignement secondaire classique, in-4°, cartonné toile. 60 c.

Livret scolaire à l'usage de l'enseignement secondaire moderne, in-4°, cartonné toile. 60 c.
Ces livrets existent soit pour les lycées et collèges, soit pour les établissements libres.

Mémento du baccalauréat de l'enseignement secondaire classique.
Édition entièrement refondue et rédigée conformément au programme du 8 août 1890.

PREMIÈRE PARTIE

Littérature, comprenant : Conseils sur les épreuves écrites ; — Notices sur les auteurs et les ouvrages grecs, latins, français, allemands et anglais, indiqués pour l'explication orale ; — Notions de Rhétorique et de Littérature classique, par M. Albert Le Roy. 1 vol. petit in-16 cartonné. 5 fr.

Histoire et Géographie, comprenant : l'Histoire de l'Europe et de la France de 1610 à 1789 et la Géographie de la France (classe de Rhétorique), par MM. G. Ducoudray et Pour. 1 vol. petit in-16 cartonné. 3 fr. 50

Partie scientifique, comprenant : des notions d'Arithmétique (Troisième), d'Algèbre (Troisième et Seconde), de Géométrie (Quatrième, Troisième et Seconde) et de Cosmographie (Rhé-

torique), par MM. Bos et Barré. 1 vol. petit in-16 cartonné. 2 fr.

SECONDE PARTIE
PREMIÈRE SÉRIE

Philosophie, comprenant : Conseils sur la composition de philosophie, Histoire de la Philosophie, Auteurs de Philosophie, Histoire contemporaine 1789-1889, par MM. R. Thamin et G. Ducoudray, 1 vol. petit in-16, cartonné 5 fr.

Sciences, comprenant : Éléments de Physique, de Chimie et d'Histoire naturelle, par M. Banet-Rivet, professeur au lycée Charlemagne, 1 vol. petit in-16, cartonné. 2 fr.

DEUXIÈME SÉRIE

Mathématiques, comprenant : l'Arithmétique, l'Algèbre, la Géométrie, la Géométrie descriptive, la Trigonométrie et la Mécanique, par MM. Bos, Bezodis, Pichot et Mascart, agrégés de l'Université. 1 vol. petit in-16, cartonné. 5 fr.

Physique et Chimie, par M. Banet-Rivet, 1 vol. petit in-16, cart. 3 fr. 50

Histoire et Philosophie, comprenant l'Histoire contemporaine (1789 à 1889) des éléments de Philosophie scientifique et morale, par MM. G. Ducoudray et B. Worms. 1 vol. petit in-16, cartonné, 2 fr.

3° ÉTUDE DE LA LANGUE FRANÇAISE

Exercices sur le Cours moyen de grammaire française à l'usage des élèves. 1 vol.   1 fr.

Exercices complémentaires comprenant le corrigé des exercices du livre de l'élève et des exercices complémentaires avec corrigés; à l'usage des professeurs. 1 vol.   2 fr. 75

Cours supérieur.

Grammaire française à l'usage de la classe de Quatrième et des classes supérieures. 1 vol.   2 fr. 50

Exercices étymologiques. 1 vol.   1 fr.
Corrigé des Exercices étymologiques. 1 vol.   2 fr.

Cahen (A.), professeur de rhétorique au collège de Rollin : *Morceaux choisis des auteurs français*, prose et vers, publiés conformes au programme du 28 janvier 1890, à l'usage de l'enseignement secondaire classique, avec des notices et des notes, 8 vol. in-16, cartonnage toile :

    Classe de Huitième. 1 vol.   » »
    Classe de Septième. 1 vol.   » »
    Classe de Sixième. 1 vol.   2 fr. »
    Classe de Cinquième. 1 vol.   2 fr. 50
    Classe de Quatrième. 1 vol.   3 fr.
    Classes de Troisième, Seconde et Rhétorique. 2 vol. Prose, 1 vol.   4 fr.
    Poésie, 1 vol.   3 fr. 50

Chassang, ancien inspecteur général de l'instruction publique. *Modèles de composition française*, empruntés aux écrivains classiques, à l'usage des classes supérieures et des aspirants au baccalauréat. 1 vol. in-16, cart.   2 fr.

Classiques français. Nouvelle collection format petit in-16, publié avec des notices, des arguments analytiques et des notes, par les auteurs dont les noms sont indiqués entre parenthèses.
Ces éditions se recommandent par la pureté du texte, la concision des notes, la commodité du format, l'élégance et la solidité du cartonnage.

Boileau : L'art poétique (Geruzez).   40 c.
— Œuvres poétiques (Geruzez).   1 fr. 50

Bossuet : Sermons choisis (Rébelliau). Prix :   3 fr.

Buffon : Morceaux choisis (E. Dupré). Prix :   1 fr. 50
— Discours sur le style.   30 c.

Chanson de Roland. Extraits (G. Paris). Prix :   1 fr. 50

Choix de lettres du XVII⁰ *siècle* (Lanson). Prix :   2 fr. 50
Choix de lettres du XVIII⁰ *siècle* (Lanson). Prix :   2 fr. 50
Corneille : Le Cid (Petit de Julleville). Prix :   1 fr.
— Cinna (Petit de Julleville).   1 fr.
— Horace (Petit de Julleville).   1 fr.
— Nicomède (Petit de Julleville).   1 fr.
— Le Menteur (Lavigne).   1 fr.
— Polyeucte (Petit de Julleville).   1 fr.
Extraits des chroniqueurs (Paris et Jeanroy).   2 fr. 50
Fénelon : Fables (A. Regnier).   75 c.
— Sermon pour la fête de l'Epiphanie (G. Merlet).   60 c.
— Télémaque (Chassang).   1 fr. 80
Florian : Fables (Geruzez).   75 c.
Joinville : Histoire de saint Louis (Natalis de Wailly).   2 fr.
La Bruyère : Caractères (G. Servois et Rébelliau).   2 fr. 50
La Fontaine : Fables (Thirion).   1 fr. 60
Lamartine : Morceaux choisis.   2 fr.
Molière : L'Avare (Lavigne).   1 fr.
— Le Misanthrope (Lavigne).   1 fr.
— Le Tartufe (Lavigne).   1 fr.
Pascal : Provinciales I, IV, XIII (Brunetière).   1 fr. 50
Racine : Andromaque (Lavigne).   75 c.
— Britannicus (Lanson).   1 fr.
— Esther (Lanson).   1 fr.
— Iphigénie (Lanson).   1 fr.
— Les plaideurs (Lavigne).   75 c.
— Mithridate (Lanson).   1 fr.
Rousseau : Extraits en prose (Brunel). Prix :   2 fr.
Sévigné : Lettres choisies (Ad. Regnier). Prix :   1 fr. 80
Théâtre classique (Ad. Regnier).   3 fr.
Voltaire : Charles XII (Waddington). Prix :   2 fr.
— Siècle de Louis XIV (Bourgeois). Prix :   2 fr. 75
— Extraits en prose (Brunel).   2 fr.
— Choix de lettres (Brunel).   2 fr. 25
D'autres volumes sont en préparation.

Classiques français, format in-16. Éditions annotées par les auteurs dont les noms sont indiqués entre parenthèses.

Bossuet : Discours sur l'histoire universelle (Olleris).   2 fr. 50
— Oraisons funèbres (Aubert).   1 fr. 60
Corneille : Théâtre choisi (Geruzez). Prix :   2 fr. 50

Fénelon : Dialogues des morts (B. Jullien).   **1 fr. 60**
— Dialogues sur l'éloquence (Delzons). Prix :   **80 c.**
— Opuscules académiques.   **80 c.**

Massillon : Carême (Colincamp). **1 fr. 25**

Montesquieu : Grandeur et décadence des Romains (C. Aubert).   **1 fr. 25**

Racine : Théâtre choisi (E. Geruzez). Prix :   **2 fr. 50**

Rousseau (J.-B.) : Œuvres lyriques (Geruzez).   **1 fr. 50**

Voltaire : Théâtre choisi (Geruzez). Prix :   **2 fr. 50**

Delon. *La grammaire française d'après l'histoire.* 1 volume in-16, cartonnage toile.   **3 fr.**

Demogeot, agrégé de la Faculté des lettres de Paris. *Histoire de la littérature française depuis ses origines jusqu'à nos jours.* 1 vol. in-16, broché.   **4 fr.**
— *Textes classiques de la littérature française,* extraits des grands écrivains français, avec notices, appréciations et notes; recueil servant de complément à l'*Histoire de la littérature française.* Nouvelle édition, revue et augmentée. 2 vol. in-16, cartonnés.   **6 fr.**
  I. *Moyen âge,* xvi⁰ et xvii⁰ *siècles.* **3 fr.**
  II. *xviii⁰ et xix⁰ siècles.*   **3 fr.**

Filon (A.). *Éléments de rhétorique française.* 1 vol. in-16, cartonné.   **2 fr. 50**
— *Nouvelles narrations françaises,* avec des arguments, à l'usage des candidats au baccalauréat. In-16, broché.   **3 fr. 50**

Labbé, professeur au collège Rollin, *Morceaux choisis des classiques français* (prose et vers), 3 vol. in-16, cart. :
  Cours élémentaire. 1 vol.   **1 fr.**
  Cours moyen. 1 vol.   **1 fr. 50**
  Cours supérieur. 1 vol.   **2 fr. 50**

Lafaye. *Dictionnaire des synonymes de la langue française.* 4⁰ édition, suivie d'un supplément. 1 vol. gr. in-8, broché. **23 fr.**
Le cartonnage en percaline gaufrée se paye en sus 2 fr. 75 c.; la demi-reliure en chagrin, 4 fr. 50.

Lanson, professeur de rhétorique au lycée Charlemagne : *Conseils sur l'art d'écrire.* Principes de composition et de style à l'usage des élèves des lycées et collèges et des candidats au baccalauréat. 1 vol. in-16, cart. toile.   **2 fr. 50**

Lanson (suite). *Études pratiques de composition française,* sujets préparés commentés pour servir de complément aux *Conseils sur l'art d'écrire.* 1 vo[l.] in-16, cartonnage toile.   **2 f[r.]**

Lehugeur (A.). *La chanson de Rolan[d]* traduite en vers modernes, avec le tex[te] ancien. 1 vol. in-16, broché.   **3 fr. [**

Littré. *Dictionnaire de la langue française,* contenant la nomenclature la pl[us] étendue, la prononciation et les difficul[tés] grammaticales, la signification des mo[ts] avec de nombreux exemples et les syn[o]nymes, l'histoire des mots depuis les pr[e]miers temps de la langue française jusqu'a[u] xvi⁰ siècle, et l'étymologie comparée augmentée d'un *Supplément.* 5 vol. in-4 à 3 colonnes, broché.   **112 [**
La reliure en demi-chagrin se paye en sus 24[

Littré et Beaujean, ancien inspecteur [de] l'Académie de Paris. *Abrégé du Dictionnaire de la langue française de Littr[é]* contenant tous les mots qui se trouve[nt] dans le dictionnaire de l'Académie française, plus un grand nombre de néologismes et de termes de science et d'ar[t] 9⁰ édit. entièrement refondue et conform[e] pour l'orthographe, à la dernière éditi[on] du dictionnaire de l'Académie français[e] 1 vol. grand in-8, broché.   **13 [**
Cartonnage toile.   **14 fr. 5[**
Relié en demi-chagrin.   **17 [**

— *Petit dictionnaire universel,* ou Abré[gé] du dictionnaire de la langue française [de] Littré, avec une partie mythologiqu[e] historique, biographique et géographiqu[e] fondue alphabétiquement avec la part[ie] française; 8⁰ édition. 1 vol. grand in-[16] cartonné.   **2 fr. 5[**

Marais. *Recueil de compositions françaises.* Lettres, récits, discours, dissertations, sujets et développements, [à] l'usage des candidats au baccalauréat [et] à l'école de Saint-Cyr. 1 volume in-[16] broché.   **1 fr. [**

Merlet, ancien professeur de rhétorique a[u] lycée Louis-le-Grand. *Études littéraire[s] sur les classiques français des class[es] supérieures et du baccalauréat.* Nou[]velle édition conforme aux programm[es] de 1885. 2 vol. in-16, brochés.   **3 [**
  I. Corneille. — Racine. — Molièr[e] 1 vol.   **4 [**

II. Chanson de Roland. — Joinville. — Montaigne. — Pascal. — La Fontaine. — Boileau. — Montesquieu. — La Bruyère. — Bossuet. — Fénelon. — Voltaire. — Buffon. 1 vol. 4 fr.
— *Supplément aux études littéraires* de M. G. Merlet, comprenant Villehardouin, Froissart, Commines; celles des xvii° et xviii° siècles, Voltaire et Rousseau; par M. Lintilhac, professeur au lycée Louis-le-Grand. 1 vol. in-16, broché. 2 fr.

Méthode uniforme pour l'enseignement des langues, par M. E. Sommer.
Abrégé de grammaire française. 1 vol. in-16, cartonné. 75 c.
Exercices sur l'Abrégé de grammaire française. 1 vol. in-16, cart. 75 c.
Corrigé desdits exercices. In-16, br. 1 fr.
Cours complet de grammaire française, 1 vol. in-8, cartonné. 1 fr. 50
Exercices sur le Cours complet de grammaire française. In-8, cart. 1 fr. 50
Voir pages 18 et 23, pour les *langues latine et grecque.*

Morceaux choisis des grands écrivains français du seizième siècle, accompagnés d'une grammaire et d'un dictionnaire de la langue du xvi° siècle, par M. Aug. Brachet. 1 vol. in-16, cart. 3 fr. 50

Pellissier, professeur à Sainte-Barbe. *Morceaux choisis des classiques français*, en prose et en vers. Recueils composés à l'usage des classes de grammaire et d'humanité. 6 vol. in-16, cartonnés :
Classe de Sixième, 1 vol. 1 fr.
Classe de Cinquième, 1 vol. 1 fr.
Classe de Quatrième, 1 vol. 1 fr.
Classe de Troisième, 1 vol. 2 fr.
Classe de Seconde, 1 vol. 2 fr.
Classe de Rhétorique, 1 vol. 2 fr.
— *Premiers principes de style et de composition. (Abrégé de la rhétorique française.)* 1 vol. in-16, cartonné. 1 fr. 50
— *Sujets et modèles de compositions françaises*, destinés à servir d'application aux premiers principes de style, à l'usage des classes élémentaires. 1 vol. in-16, cartonné. 1 fr. 50
— *Principes de rhétorique française.* 1 vol. in-16, cartonné. 2 fr. 50
— *Sujets et modèles de compositions françaises*, destinés à servir d'application aux principes de rhétorique, à l'usage des classes supérieures et des candidats au baccalauréat. 1 v. in-16, cart. 2 fr. 50

Pellissier (suite). *Les grandes leçons de l'antiquité classique.* (Tableau des origines de la civilisation gréco-romaine), avec extraits. 1 vol. in-16, broché. 4 fr.
— *Les grandes leçons de l'antiquité chrétienne.* (Tableau des origines de la civilisation moderne.) 1 v. in-16, broché. 5 fr.

Pressard, professeur au lycée Louis-le-Grand. *Lectures littéraires et morales*, à l'usage des classes élémentaires. 1 vol. petit in-16, cartonné. 1 fr. 25

Quicherat (L.). *Petit traité de versification française.* In-16, cartonné. 1 fr.

Quinet (Edgar). *Pages choisies*, à l'usage des lycées et collèges. 1 vol. in-16, cartonné. 2 fr.

Sommer. *Petit dictionnaire des rimes françaises.* In-18, cart. 1 fr. 80
— *Petit dictionnaire des synonymes français.* 1 vol in-18, cart. 1 fr. 80
— *Manuel de l'art épistolaire.* 2 vol. gr. in-18, brochés. 3 fr. 25
— *Manuel de style*, ou préceptes et exercices sur l'art de composer et d'écrire en français. 2 vol. gr. in-18, brochés. 3 fr.
Voir *Méthode uniforme pour l'enseignement des langues*, page 6, 18, 23.

Soulice (Th.). *Petit dictionnaire de la langue française.* In-18, cart. 1 fr. 50

Soulice et Sardou. *Petit dictionnaire raisonné des difficultés et exceptions de la langue française.* In-18, cart. 2 fr.

Tridon Péronneau. *Recueil de compositions françaises.* 1 vol. in-16, br. 2 fr.
— *Nouveau Recueil de compositions françaises.* 1 vol. in-16, br. 1 fr.
— *Questions de littérature et d'histoire.* 1 vol. in-16. 2 fr.

Vapereau, inspecteur général honoraire de l'instruction publique. *Esquisse d'histoire de la littérature française.* 2° édition. 1 vol. in-16, cart. toile. 1 fr. 50
— *Éléments d'histoire de la littérature française*, contenant : 1° une esquisse générale; 2° une suite de notices sur les époques, les genres et les principaux écrivains, avec un choix d'extraits de leurs ouvrages. 3 vol. cartonnage toile.
Tome Ier : *Des origines au règne de Louis XIII.* 1 vol. in-16, cartonné. Prix : 3 fr. 50
Tome II : *Règnes de Louis XIII et de Louis XIV.* 1 vol. 3 fr. 50
Tome III (en préparation).

4° HISTOIRE, CHRONOLOGIE, MYTHOLOGIE

Berthelot (A.), maître de conférences à l'Ecole des Hautes-Etudes. *Les grandes scènes de l'histoire grecque*, morceaux choisis des auteurs anciens et modernes. 1 vol. in-16 avec figures, cartonnage toile.   2 fr. 50

Bouillet. *Dictionnaire universel d'histoire et de géographie.* Edition entièrement refondue. 1 vol. gr. in-8, br.   21 fr. Le cartonnage se paye en sus 2 fr. 75.

Ducoudray agrégé d'histoire. *Histoire contemporaine, de 1789 à 1891*, à l'usage de la classe de Philosophie. 1 fort vol. in-16, avec cartes, cartonnage toile.   6 fr.
— *Histoire de la civilisation.* 1 fort vol. in-16, broché.   7 fr. 50

Duruy (V.), *Cours d'histoire*, nouvelle édition, refondue conformément aux programmes du 28 janvier 1890, sous la direction de M. E. Lavisse, professeur à la Faculté des lettres de Paris. 5 vol. in-16, avec gravures et cartes, cartonnage toile :
Classe de Cinquième : *Histoire grecque.* 1 vol.   3 fr. 50
Classe de Quatrième : *Histoire romaine.* 1 vol.   4 fr.
Classe de Troisième : *Histoire de l'Europe et de la France jusqu'en 1270.* 1 vol.   4 fr. 50
Classe de Seconde : *Histoire de l'Europe et de la France, de 1270 à 1610.* 1 vol.   5 fr.
Classe de Rhétorique : *Histoire de l'Europe et de la France, de 1610 à 1789.* 1 vol.   5 fr.
— *Histoire ancienne des peuples de l'Orient*, classe de Sixième. 1 vol. in-16, cartonné.   3 fr. 50
— *Petit cours d'histoire universelle.* Nouvelle édition avec des cartes et des gravures. Format in-16, cartonné :
Petite histoire ancienne.   1 fr.
Petite histoire grecque.   1 fr.
Petite histoire romaine.   1 fr.
Petite histoire du moyen âge.   1 fr.
Petite histoire moderne.   1 fr.
Petite histoire de France.   1 fr.
Petite histoire générale.   1 fr.
— *Petite histoire sainte.* In-18, cart. 80 c.

Duruy (suite). *Histoire des Grecs*, depuis les temps les plus reculés jusqu'à la réduction de la Grèce en province romaine. 2 vol. in-8, brochés.   12 fr.
— *Histoire des Romains*, depuis les temps les plus reculés jusqu'à Dioclétien. 7 vol. in-8, brochés.   52 fr. 50

Duruy (G.), professeur au lycée Henri IV. *Biographies d'hommes célèbres*, rédigées conformément aux programmes de 1885, à l'usage de la classe Préparatoire. 1 vol. in-16, avec gravures, cart.   1 fr.
— *Histoire sommaire de la France, depuis l'origine jusqu'à la mort de Louis XI* conforme au programme de 1890, pour la classe de Huitième. 1 vol. in-16, avec cartes et gravures, cartonné.   1 fr.
— *Histoire sommaire de la France, depuis la mort de Louis XI jusqu'à 1815*, conforme au programme de 1890, pour la classe de Septième. 1 vol. in-16, avec cartes et gravures, cart.   1 fr.
    Les deux parties réunies en un seul vol. cartonné.   2 fr.

Fustel de Coulanges. *La cité antique.* 1 vol. in-16, broché.   3 fr. 50

Gasquet, professeur à la Faculté des lettres de Clermont-Ferrand. *Précis des institutions politiques et sociales de l'ancienne France.* 2 vol. in-16, br. 8 fr.

Geruzez. *Petit cours de mythologie*, nouv. édit. avec 48 grav. In-16, cartonné.   1 fr.

Histoire universelle, publiée par une société de professeurs et de savants, sous la direction de M. V. Duruy. Format in-8, broché :
La terre et l'homme, par M. Maury. 6 fr.
Chronologie universelle, par M. Dreyss. 2 vol.   12 fr.
Histoire générale, par M. Duruy.   4 fr.
Histoire sainte d'après la Bible, par le même.   3 fr.
Histoire ancienne des peuples de l'Orient, par M. Maspero.   6 fr.
Histoire grecque, par M. Duruy.   4 fr.
Histoire romaine, par le même.   4 fr.
Histoire du moyen âge, par le même. 4 fr.

Histoire des temps modernes, de 1453 jusqu'à 1789, par le même. 4 fr.

Histoire de France, par le même. 2 volumes. 8 fr.

Histoire d'Angleterre, par M. Fleury. 4 fr.

Histoire d'Italie, par M. Zeller. 5 fr.

Histoire de Russie, par M. Rambaud. 6 fr.

Histoire de l'Autriche-Hongrie, par M. Louis Léger. 5 fr.

Histoire de l'empire Ottoman, par M. de la Jonquière. 6 fr.

Histoire de la littérature grecque, par M. Pierron. 4 fr.

Histoire de la littérature romaine, par le même. 4 fr.

Histoire de la littérature française, par M. Demogeot. 4 fr.

Histoire des littératures étrangères, par le même. 2 vol. 8 fr.

Histoire de la littérature anglaise, par M. Augustin Filon. 6 fr.

Histoire de la littérature italienne, par M. Etienne. 4 fr.

Histoire de la physique et de la chimie, par M. Hoefer. 4 fr.

Histoire de la botanique, de la minéralogie et de la géologie, par le même. 4 fr.

Histoire de la zoologie, par le même. 4 fr.

Histoire de l'astronomie, par le même. 4 fr.

Histoire des mathématiques, par le même. 4 fr.

Dictionnaire historique des institutions, mœurs et coutumes de la France, par M. Chéruel. 2 vol. 12 fr.

Joran, professeur d'histoire au collège Stanislas. *Programme développé d'histoire des temps modernes et d'histoire littéraire*, à l'usage des candidats à l'école spéciale milit. de St-Cyr. 1 v. in-16, br. 4 fr. 50

Jullian (C.), professeur à la Faculté des lettres de Bordeaux. *Gallia*. Tableau sommaire de la Gaule sous la domination romaine. 1 vol. in-16, cart. toile. 3 fr.

Lalanne (Ludovic). *Dictionnaire historique de la France*. 1 vol. gr. in-8, br. 21 fr.
Le cartonnage se paye en sus 2 fr. 75.

La Ville de Mirmont (H. de), maître de conférences à la Faculté des lettres de Bordeaux. *Mythologie élémentaire des Grecs et des Romains*, précédée d'un précis des mythologies orientales. 1 vol.

in-16 avec 45 figures d'après l'antique, cartonnage toile. 1 fr. 50

Lectures historiques, édigées conformément au programme du 28 janvier 1890 à l'usage des lycées et collèges. 6 vol. in-16 avec gravures, cart. toile.

Histoire ancienne (Egypte, Assyrie), à l'usage de la classe de Sixième, par M. G. Maspero, membre de l'Institut, 1 vol. 5 fr.

Histoire grecque (Vie privée et vie publique des Grecs), à l'usage de la classe de Cinquième, par M. P. Guiraud, maître de conférences à l'Ecole normale supérieure. 1 vol. 5 fr.

Histoire romaine (Vie privée et vie publique des Romains), à l'usage de la classe de Quatrième, par le même, 1 vol. 5 fr.

Histoire du moyen âge, à l'usage de la classe de Troisième, par M. Ch.-V. Langlois, maître de conférences à la Faculté des lettres de Paris. 1 vol. 5 fr.

Histoire du moyen âge et des temps modernes à l'usage de la classe de Seconde, par M. Mariéjol, professeur à la Faculté des lettres de Rennes. 1 vol. 5 fr.

Histoire des temps modernes à l'usage de la classe de Rhétorique, par M. Lacour-Gayet, professeur au lycée Saint-Louis. 1 vol. 5 fr.

Lehugeur (Paul). *Sommaires d'histoire romaine*. 1 vol. in-16, cart. toile. 1 fr. 50

Luchaire, professeur à la Faculté des lettres de Paris. *Manuel des Institutions françaises* (Période des Capétiens directs). 1 vol. in-8, broché. 15 fr.

Maspero, membre de l'Institut. *Histoire de l'Orient* (Egypte, Chaldéens et Assyriens, les Israélites et les Phéniciens, les Mèdes et les Perses), ouvrage rédigé conformément au programme du 28 janvier 1890, pour la classe de Sixième. 1 vol. in-16, illust. de 48 gr. et de 6 cart. en couleurs, cart. toile. 2 fr. 50

Van den Berg. *Petite histoire ancienne des peuples de l'Orient*. 1 vol. petit in-16, avec cartes et gravures, cart. 3 fr. 50

— *Petite histoire des Grecs*, 1 vol. petit in-16, avec 19 cartes et 85 gravures. cartonnage toile. 4 fr. 50

5° GÉOGRAPHIE

Atlas manuel de géographie moderne, composé de 54 cartes imprimées en couleur. 1 vol. in-folio, relié. 32 fr.

Cortambert. *Atlas* :

Atlas (petit) de géographie ancienne (16 cartes). Gr. in-8, cart. 2 fr. 50

Atlas (petit) de géographie du moyen âge (15 cartes). Gr. in-8 cart. 2 fr. 50

Atlas (petit) de géographie moderne (20 cartes). Gr. in-8, cart. 3 fr. 50

Atlas (petit) de géographie ancienne et moderne (40 cartes). Gr. in-8. 7 fr. 50

Atlas (petit) de géographie ancienne, du moyen âge et moderne (56 cartes). Gr. in-8, cart. 9 fr.

Atlas de géographie moderne (66 cartes in-4), relié en percaline. 12 fr.

Atlas (nouvel) de géographie ancienne, du moyen âge et moderne (100 cartes in-4), relié en percaline. 16 fr.

— *Nouveau Cours complet de géographie,* contenant les matières indiquées par les programmes de 1890, à l'usage des lycées et des collèges. 7 vol. in-16, cart., avec gravures dans le texte, et accompagnés d'atlas in-8 :

Géographie élémentaire des cinq parties du monde (classe de Huitième). 1 volume. 80 c.

Atlas correspondant (23 cartes). 1 volume. 3 fr. 50

Géographie élémentaire de la France (classe de Septième). 1 vol. 1 fr. 20

Atlas correspondant (14 cartes). 1 volume. 2 fr. 50

Géographie générale du monde et du bassin de la Méditerranée (classe de Sixième). 1 vol. 1 fr. 50

Atlas correspondant (33 cartes). 1 volume. 5 fr.

Géographie de la France (classe de Cinquième). 1 vol. 1 fr. 50

Atlas correspondant (41 cartes). 1 volume. 3 fr. 50

Géographie générale et géographie du continent américain (classe de Quatrième). 1 vol. 2 fr. 50

Atlas pour la classe de Quatrième (30 cartes). 1 vol. 5

Géographie de l'Afrique, de l'Asie de l'Océanie (classe de Troisième). 1 vol. »

Atlas pour la classe de Troisième (32 cartes). 1 vol. 5

Géographie de l'Europe (classe de Seconde). 1 vol. 3

Atlas correspondant (22 cartes). 1 vol. Prix. 3 fr.

Géographie de la France (classe de Rhétorique). 1 vol. 3

Atlas correspondant (18 cartes). 1 vol. Prix. 3 fr.

— *Cours de géographie,* comprenant description physique et politique, et géographie historique des diverses contrées du globe. 1 vol. in-16, cart. 4 fr.

— *Petit cours de géographie moderne.* 1 vol. in-16, cartonné. 1 fr.

Joanne (P.) *Géographies départementales de la France et de l'Algérie.* 87 in-16, cart.

La description de chaque département accompagnée d'une carte et de gravures et suivie d'un dictionnaire alphabétique des communes, se vend séparément. 1

Le département de la Seine. 1 fr.

L'Algérie, par M. Filhas. 1 fr.

Meissas et Michelot. *Atlas et cartes*

PETITS ATLAS FORMAT IN-8°

A. *Atlas élémentaire de géographie moderne* (8 cartes écrites). 2 fr.

B. *Le même, avec 8 cartes muettes* cartes), cartonné. 3 fr.

C. *Atlas universel de géographie moderne* (17 cartes écrites), cart. 5

D. *Le même, avec 8 cartes muettes* cartes), cartonné. 6

E. *Atlas de géographie ancienne et moderne* (36 cartes écrites), cart. 9

F. *Le même, avec 8 cartes muettes* cartes), cartonné. 10

G. *Atlas universel de géographie an-cienne, du moyen âge et moderne et de géographie sacrée* (54 cartes écrites), cartonné.   **14 fr.**

H. *Le même*, avec 8 cartes muettes (62 cartes), cartonné.   **15 fr.**

Atlas de géographie ancienne (19 cartes écrites), cartonné.   **5 fr.**

Atlas de géographie du moyen âge (10 cartes écrites), cart.   **3 fr. 50**

Atlas de géographie sacrée (8 cartes écrites), cartonné.   **2 fr.**

Chacune des cartes écrites séparément.   **55 c.**

GRANDS ATLAS FORMAT IN-FOLIO.

A. *Atlas élémentaire* (8 cartes écrites). 6 fr.

B. *Le même*, avec 8 cartes muettes (16 cartes), cartonné.   **11 fr. 50**

C. *Atlas universel* (12 cartes écrites), cartonné.   **10 fr. 50**

D. *Le même*, avec 9 cartes muettes (20 cartes), cartonné.   **15 fr.**

E. *Atlas universel* (19 cartes écrites). 15 fr.

Chaque carte séparément.   **1 fr.**

GRANDES CARTES MURALES.

Chaque carte murale est accompagnée d'un questionnaire qui est donné gratuitement aux acquéreurs de la carte à laquelle il se réfère. Chaque questionnaire se vend en outre séparément 50 c.

Les cartes en 16 feuilles ont 1 m. 80 de hauteur sur 2 m. 30 de largeur. Celles en 20 feuilles ont 1 m. 80 de hauteur sur 2 m. 80 de largeur.

Le collage sur toile, avec gorge et rouleau, se paye en sus : 1° pour les cartes en 16 feuilles, 12 fr. ; 2° pour les cartes en 20 feuilles, 15 fr.

Géographie ancienne.

Empire romain écrit. 16 feuilles.   **10 fr.**

Géographie moderne.

Afrique écrite. 16 feuilles.   **10 fr.**

Amériques septentrionale et méridionale écrites. 20 feuilles.   **12 fr.**

Asie écrite. 16 feuilles.   **10 fr.**

Europe écrite. 16 feuilles.   **9 fr.**

France, Belgique et Suisse écrites. 16 feuilles.   **9 fr.**

Mappemonde écrite. 20 feuilles.   **12 fr.**

Mappemonde muette. 20 feuilles.   **10 fr.**

— *Nouvelles grandes cartes murales* indiquant le relief du terrain, tirées en couleur sur 12 feuilles jésus mesurant 2 mètres de haut sur 2 mètres 10 de large.

Le collage sur toile, avec gorge et rouleau, se paye en sus. 12 fr.

Europe écrite.   **15 fr.**

France muette ou *écrite.*   **15 fr.**

Il existe aussi une collection de *petites cartes murales*, dont le détail se trouve dans la Notice des livres élémentaires.

— *Géographie ancienne.* In-16.   **2 fr. 50**

— *Petite géographie ancienne.* In-18. 1 fr.

— *Géographie sacrée.* In-18, cart. 1 fr. 25

Reclus (Onésime). *Géographie : la terre à vol d'oiseau.* 2 vol. in-16, broché.   **10 fr.**

— *France, Algérie et colonies,* 1 vol. in-16, broché.   **5 fr. 50**

Schrader et Gallouédec, professeur d'histoire au lycée d'Orléans. *Nouveau cours de géographie* rédigé conformément aux programmes de 1890 pour l'Enseignement secondaire classique. 7 vol. in-16, avec gravures, cartes.

Classe de Cinquième. 1 vol.   **3 fr.**

Classe de Troisième. 1 vol. 3 fr. 50

Les autres volumes sont en préparation.

Schrader et Prudent. *Grandes cartes murales.* Ces cartes sont imprimées en couleur et mesurent 1 mètre 60 sur 1 mètre 90. En vente :

Amérique du Sud écrite ; — France politique écrite ; — France Physique.

Chaque carte en feuilles, 9 fr. ; collée sur toile avec œillets, 15 fr. ; collée sur toile avec gorge et rouleau, 16 fr.

Schrader, Prudent et Anthoine. *Atlas de géographie moderne,* 64 cartes in-f° imprimées en couleurs et accompagnées d'un texte géographique, statistique et ethnographique, et d'un grand nombre de cartes de détail, figures, diagrammes, etc., relié.   **25 fr.**

— *Atlas à l'usage de l'enseignement secondaire classique.* Extraits de l'Atlas de géographie in-folio :

Classe de Quatrième (16 cartes).   **7 fr.**

Classe de Troisième (19 cartes). 7 fr. 50

Classe de Seconde (18 cartes).   **7 fr. 50**

Classe de Rhétorique (11 cartes).   **6 fr.**

— *Atlas de poche,* contenant 51 cartes en couleur, in-8, cart. toile.   **3 fr. 50**

6° PHILOSOPHIE, DROIT, ÉCONOMIE POLITIQUE

AUTEURS FRANÇAIS

Condillac. *Traité des sensations*, livre I. Nouvelle édition, annotée par M. Charpentier, professeur de philosophie au lycée Louis-le-Grand. Petit in-16, br. 1 fr. 50

Descartes : *Discours de la méthode; première méditation.* Nouvelle édition classique, annotée par M. Charpentier. 1 vol. petit in-16, cart. 1 fr. 50

— *Les principes de la philosophie*, livre I. Nouvelle édition, annotée par le même auteur. 1 vol. petit in-16, br. 1 fr. 50

Leibniz : *Extraits de la Théodicée*, publiés et annotés par M. P. Janet, de l'Institut. 1 vol. petit in-16, cart. 2 fr. 50

— *Nouveaux essais sur l'entendement humain*, avant-propos et livre I, publié d'après les meilleurs manuscrits, avec des notes, par M. P. Lachelier, maître de conférences à la Faculté des lettres de Caen. 1 vol. petit in-16, cart. 1 fr. 75

— *La monadologie*, publiée d'après les manuscrits de la bibliothèque de Hanovre, avec notes, par le même. Pet. in-16 c. 1 fr.

Malebranche : *De la recherche de la vérité*, livre II, annoté par M. R. Thamin, maître de conférences à la Faculté des lettres de Lyon. Petit in-16, cart. 1 fr. 50

Pascal : *Opuscules philosophiques* publiés par M. Adam, chargé du cours de philosophie à la Faculté des lettres de Dijon. 1 vol. petit in-16, cart. 1 fr. 50

AUTEURS LATINS

Cicéron : *De natura Deorum*, livre II. Texte latin, annoté par M. Thiaucourt, maître de conférences à la Faculté des lettres de Nancy. 1 vol. petit in-16, cartonné. 1 fr. 50

Le même ouvrage, traduction française, de J.-V. Le Clerc, sans le texte latin. 1 vol. petit in-16, broché. 1 fr.

— *De officiis*, libri tres. Texte latin, annoté par M. H. Marchand. 1 v. in-16, cart. 1 fr.

Le même ouvrage, traduction française, par M. Sommer, sans le texte latin, 1 vol. in-16, broché. 1 fr. 50

Lucrèce : *De natura rerum*, livre V. Texte latin, annoté par MM. Benoist et Lantoine. 1 vol. petit in-16, cart. 90 c.

— *De la nature*, traduction française, par M. Patin. 1 vol. in-16, broché. 3 fr. 50

Sénèque : *Lettres à Lucilius* (les se premières). Texte latin, annoté M. Aubé, ancien professeur de philosop au lycée Condorcet. 1 vol. petit in-cartonné. 75

Le même ouvrage, traduction franç par M. Baillard, sans le texte. 1 in-16, broché. 1

— *Œuvres complètes*, traduites en fra çais, avec des notes, par M. J. Baillat 2 vol. in-16, brochés. 7

AUTEURS GRECS

Aristote : *Morale à Nicomaque*, livre Texte grec, annoté par M. Hannequ professeur au lycée de Lyon. 1 vol. p in-16, cartonné. 1 fr.

Le même ouvrage, traduction française Fr. Thurot, avec une introduction des notes, par Ch. Thurot. 1 vol in-16, broché. 75

Épictète : *Manuel.* Texte grec, pub avec des notes et un vocabulaire, M. Thurot. 1 vol. petit in-16, cart. 1

Le même ouvrage, traduction frança par M. Fr. Thurot, sans le texte g 1 vol. petit in-16, broché. 1

Platon : *République*, 6° livre. Texte gr annoté par M. Aubé, ancien profess de philosophie au lycée Condorcet. 1 petit in-16, cartonné. 1 fr.

Le même ouvrage, traduction frança par M. Aubé. 1 v. petit in-16, br. 1

— *République*, 7° livre. Texte grec, ann par M. Aubé. Petit in-16, cart. 1 fr.

Le même ouvrage, traduction franca par M. Aubé. 1 vol. p. in-16, br. 1 fr.

— *République*, 8° livre. Texte grec, préc d'une notice sur la vie et les ouvrages Platon, d'une introduction comprena 1° Objet de la République de Plat 2° Analyse des dix livres de la Ré blique ; 3° Étude sur le huitième livre la République, et accompagnée de n par M. Aubé. Petit in-16, cart. 1 fr.

Le même ouvrage, traduction frança par M. Aubé. 1 vol. petit in-16, br.

Xénophon : *Mémorables*, livre I. Te grec, annoté par M. Lebègue, maître conférences à l'École des Hautes Étu 1 vol. petit in-16, cartonné.

— *Entretiens mémorables de Socrate*, duction française par M. Sommer, sans texte. 1 vol. petit in-16, broché. 1 fr.

OUVRAGES DIVERS

Adam, professeur à la Faculté des lettres de Dijon. *Etude sur les principaux philosophes.* 1 vol. in-16, broché. 4 fr.

Bouillier, membre de l'Institut. *Du plaisir et de la douleur.* 1 vol. in-16. 3 fr. 50

— *La vraie conscience.* 1 v. in-16, br. 3 f. 50

— *Etudes familières de psychologie et de morale.* 2 vol. in-16, brochés. 7 fr.
   Chaque volume se vend séparément.

— *Questions de morale pratique.* 1 vol. in-16, broché. 3 fr. 50

Caro, ancien professeur à la Faculté des lettres de Paris. *L'idée de Dieu et ses nouveaux critiques.* 1 vol. in-16, broché. 3 fr. 50

— *Le matérialisme et la science.* 1 volume in-16, broché. 3 fr. 50

— *Etudes morales sur le temps présent.* 2 vol. in-16, brochés. 7 fr.

— *Le pessimisme au XIXᵉ siècle.* 1 vol. in-16, broché. 3 fr. 50

— *La philosophie de Gœthe.* In-16. 3 fr. 50

— *Problèmes de morale sociale.* 1 vol. in-16, broché. 3 fr. 50

— *Philosophie et philosophes.* 1 volume in-16. 3 fr. 50

Carrau, ancien maître de conférences à la Faculté des lettres de Paris. *Etude sur la théorie de l'évolution.* In-16, br. 3 fr. 50

Fouillée, maître de conférences à l'Ecole normale supérieure. *L'idée moderne du droit en Allemagne, en Angleterre et en France.* 1 vol. in-16, broché. 3 fr. 50

— *La science sociale contemporaine.* 1 vol. in-16, broché. 3 fr. 50

— *La philosophie de Platon.* 4 volumes in-16. 14 fr.

Franck, membre de l'Institut. *Dictionnaire des sciences philosophiques.* 1 fort vol. grand in-8, broché. 35 fr.
   Le cartonnage se paye en sus 2 fr. 75.

— *Essais de critique philosophique.* 1 vol. in-16, broché. 3 fr. 50

— *La Kabbale,* 1 vol. in-8 br. 7 fr. 50

Jacques, Jules Simon et Saisset. *Manuel de philosophie.* 1 vol. in-8. 8 fr.

Joly, professeur à la Faculté des lettres de Paris. *Psychologie comparée : l'homme et l'animal.* 1 vol. in-16, br. 3 fr. 50

— *Psychologie des grands hommes.* 1 vol. in-16, broché. 3 fr. 50

Jouffroy (Th.). *Cours de droit naturel.* 2 vol. in-16, brochés. 7 fr.

— *Mélanges philosophiques.* 1 volume in-16, broché. 3 fr. 50

— *Nouveaux mélanges philosophiques.* 1 volume in-16, broché. 3 fr. 50

Jourdain (C.). *Notions de philosophie,* comprenant des notions d'économie politique. 18ᵉ édition, refondue. 1 vol. in-16, broché. 5 fr.

Le Roy (Albert). *Sujets et développements de compositions françaises* (dissertations philosophiques) données à la Sorbonne, de 1866 à 1883. In-8, br. 5 fr.

Rabier (E.), professeur de philosophie au lycée Charlemagne, membre du Conseil supérieur de l'instruction publique. *Leçons de philosophie.* Nouveau cours, contenant les matières indiquées par les programmes de 1885. 3 vol. in-8, br :
   Tome 1ᵉʳ. *Psychologie.* In-8. 7 fr. 50
   Ouvrage couronné par l'Institut.
   Tome II. *Logique.* 1 vol. 5 fr.
   Tome III. *Morale et Métaphysique.* » »

Ravaisson. *La philosophie en France au* XIXᵉ siècle. 1 vol. in-8, broché. 7 fr. 50

Simon (Jules) *La religion naturelle.* 1 vol. in-16, broché. 3 fr. 50

— *Le devoir.* 1 vol. in-16, br. 3 fr. 50

— *La liberté civile.* 1 vol. in-16. 3 fr. 50

— *La liberté politique.* In-16. 3 fr. 50

— *La liberté de conscience.* In-16. 3 fr. 50

— *L'école.* 1 vol. in-16, br. 3 fr. 50

— *L'ouvrière.* 1 vol. in-16, br. 3 fr. 50

Taine. *Les philosophes classiques du* XIXᵉ siècle en France. In-16, br. 3 fr. 50

— *De l'intelligence.* 2 vol. in-16, br. 7 fr.

Tridon-Péronneau. *Recueil de dissertations philosophiques.* 1 v. in-16, br. 4 fr.

Vacherot (E.), membre de l'Institut. *Le nouveau spiritualisme.* 1 v. in-8. 7 fr. 50

Worms (R.), agrégé de philosophie : *Précis de philosophie,* rédigé conformément aux programmes officiels pour la classe de philosophie, d'après les *Leçons de philosophie* de M. Rabier, 1 vol. in-16, br. 4 fr.

— *Eléments de philosophie scientifique et de philosophie morale,* à l'usage des candidats aux Baccalauréats de Mathématique et de l'Enseignement moderne, 1 vol. in-16, br. 1 fr. 50

— *La morale de Spinoza.* 1 v. in-16. 3 f. 50
   Ouvrage couronné par l'Institut.

Zeller. *La philosophie des Grecs,* traduite de l'allemand, par M. E. Boutroux, maître de conférences à l'Ecole normale supérieure et par ses collaborateurs :
   Tomes I et II. *La philosophie des Grecs avant Socrate.* par M. Boutroux. 2 vol. in-8, brochés. 20 fr.
   Tome III. *Socrate et les socratiques,* par M. Belot. 1 vol. in-8, br. 10 fr.

7° SCIENCES ET ARTS

§ 1. *Arithmétique et applications diverses.*

Bertrand (Joseph). *Traité d'arithmétique.* 1 vol. in-8, broché.   4 fr.

Cirodde (P.-L.). *Leçons d'arithmétique.* 1 vol. in-8, broché.   4 fr.

Degranges (Edmond). *Arithmétique commerciale et pratique.* In-8, broché.   5 fr.
— *La tenue des livres.* In-8, broché.   5 fr.

Dupuis. *Tables de logarithmes* à sept décimales, d'après Callet, Véga, Bremiker, etc. 1 vol. grand in-8, cart.   10 fr.
— *Tables de logarithmes* à cinq décimales, d'après de Lalande. 1 vol. grand in-18, cartonnage toile.   2 fr. 50
— *Tables de logarithmes* à quatre décimales. 1 vol. petit in-16, cartonné.   75 c.

Hoefer. *Histoire des mathématiques.* 1 v. in-16, broché.   4 fr.

Maire. *Arithmétique,* suivie des éléments du système métrique et du tracé des figures les plus simples de la géométrie plane. 2 vol. in-16, cartonnés :

Classes Préparatoire et de Huitième 1 vol.   1 fr
Classe de Septième. 1 vol.   1 fr. 50

Pichot, censeur honoraire du lycée Condorcet. *Arithmétique,* rédigée conformément aux programmes de 1890 pour les classes de Septième, Sixième et Cinquième In-16, cart.   2 fr. 50
— *Arithmétique élémentaire,* conforme aux programmes de 1890, à l'usage des classes de Troisième et Rhétorique. 1 vol. in-16, cart.   2 fr
— *Éléments d'arithmétique* à l'usage de la classe de mathématiques élémentaires. 1 vol. in-8, broché.   3 fr

Sonnet. *Problèmes et exercices d'arithmétique et d'algèbre.* 2 vol. in-8, br. 5 fr
— *Dictionnaire des mathématiques appliquées.* 1 vol. grand in-8, broché.   30 fr
Le cartonnage se paye en sus 2 fr. 75.

Tombeck. *Traité d'arithmétique.* 1 vol. in-8, broché.   4 fr

§ 2. *Géométrie; Arpentage; Dessin.*

Bos, anc. insp. d'Académie. *Géométrie élémentaire,* conforme aux programmes de 1890, à l'usage des classes de Quatrième, Troisième et de Seconde. 1 vol. in-16, cart.   2 fr.

Bos et Robière. *Éléments de géométrie,* à l'usage de la classe de mathématiques élémentaires. 1 vol. in-8, broché.   7 fr.

Bougueret, professeur de dessin au lycée Saint-Louis. *Cours de dessin et notions de géométrie,* à l'usage des classes élémentaires de dessin. 50 planches in-4. Prix :   7 fr. 50
On vend séparément :
Dessin et géométrie des figures planes. 23 planches.   3 fr. 50

Dessin et géométrie des solides, 12 planches.   1 fr. 75
Constructions géométriques et lavis 15 planches.   2 fr. 25

Briot et Vacquant. *Arpentage, levé de plans, nivellement.* 1 vol. in-16, avec des figures et des planches, broché.   3 fr
— *Éléments de géométrie :*
1° *Théorie.* In-8, avec figures.   5 fr
2° *Application.* In-8, avec fig.   3 fr. 50

Sonnet. *Géométrie théorique et pratique* 2 vol. in-8, texte et planches, br.   6 fr

Tombeck. *Traité de géométrie élémentaire.* 1 vol. in-8, broché.   5 fr
— *Précis de levé des plans, d'arpentage et de nivellement.* In-8, broché.   1 fr. 50

§ 3. *Algèbre; Géométrie analytique; Géométrie descriptive; Trigonométrie.*

Bertrand (Joseph), membre de l'Institut. *Traité d'algèbre :*
1re *partie,* à l'usage des classes de Mathématiques élémentaires. In-8.   5 fr.
2e *partie,* à l'usage des classes de Mathématiques spéciales. 1 vol. in-8, br.   5 fr.

Bos. *Éléments d'algèbre,* à l'usage de la classe de Mathématiques élémentaires et des candidats au baccalauréat. 1 vol. in-8, broché.   7 fr

Briot et Vacquant. *Éléments de géométrie descriptive,* à l'usage des classes de Mathématiques élémentaires et des candidats au baccalauréat. 1 vol. in-8, avec figures, broché. 3 fr. 50

Dessenon. *Éléments de géométrie analytique*, à l'usage des candidats aux écoles du gouvernement et des élèves de première année de la classe de Mathématiques spéciales. 1 vol. in-8, avec figures, broché. 7 fr. 50

Kiæs. *Traité élémentaire de géométrie descriptive :*

1re *partie*, à l'usage des classes de Mathématiques élémentaires et des candidats au baccalauréat. 1 vol. in-8 de texte et 1 vol. in-8 de planches. 7 fr.

2e *partie*, à l'usage des classes de Mathématiques spéciales et des candidats aux Écoles normale supérieure, polytechnique et centrale. 1 vol. in-8 de texte et 1 vol. in-8 de planches, brochés. 10 fr.

Launay, professeur au lycée Saint-Louis. *Éléments d'algèbre*, conformes aux programmes de 1890, à l'usage des classes de Seconde et de Rhétorique. 1 vol. in-16, avec figures, cartonnage toile. 3 fr.

Pichot. *Algèbre élémentaire*, contenant les matières des programmes de 1890, à l'usage des classes de Seconde et de Rhétorique. 1 vol. in-16, cart. 2 fr.

— *Éléments de trigonométrie rectiligne*, à l'usage de la classe de Mathématiques élémentaires 1 vol. in-8, broché 3 fr. 50

Pichot et de Batz de Trenquelléon. *Géométrie descriptive*, à l'usage des candidats au baccalauréat. 1 vol. in-8, avec figures, broché. 1 fr. 50

— *Complément de géométrie descriptive*, à l'usage des candidats à Saint-Cyr. 1 vol. in-8, avec figures, broché. 3 fr. 50

Sonnet. *Premiers éléments de calcul infinitésimal.* 1 vol. in 8, broché. 6 fr.

Sonnet et Frontera. *Éléments de géométrie analytique*, rédigés conformément au dernier programme d'admission à l'École normale supérieure. In-8, br. 8 fr.

Tombeck. *Traité élémentaire d'algèbre*, à l'usage des classes de Mathématiques élémentaires. 1 vol. in-8, broche. 4 fr.

— *Cours de trigonométrie rectiligne.* 1 vol. in-8, broché. 2 fr. 50

— *Traité élémentaire de géométrie descriptive.* 1 vol. in-8, broché. 2 fr. 50

§ 4. Mécanique.

Collignon, inspecteur de l'École des ponts et chaussées. *Traité de mécanique.* 5 vol. in-8, avec figures, brochés. 37 fr. 50

1re *partie, Cinématique.* 1 vol. 7 fr. 50

2e *partie, Statique.* 1 vol. 7 fr. 50

3e *partie, Dynamique.* Liv. 1 à IV. 7 fr. 50

4e *partie, Dynamique.* Livres V à VII, 1 volume. 7 fr. 50

5e *partie, Compléments.* 1 vol. 7 fr. 50

Mascart, professeur au Collège de France. *Éléments de mécanique*, rédigés conformément au programme de l'enseignement scientifique dans les lycées. In-8, broché. 3 fr.

Mondiot et Thabourin : *Cours élémentaire de mécanique*, avec des énoncés et des problèmes, à l'usage de la classe de Mathématiques élémentaires. 3 vol. in-8, avec figures, brochés :

Tome I. *Principes ;* 3e édition en 2 fascicules :

1er *fascicule. Statique.* 1 vol. 2 fr. 50

2e *fascicule. Cinématique.* 1 v. 2 fr. 50

Tome II. *Mécanismes.* 1 vol. 3 fr.

Tome III. *Moteurs.* 1 vol. 6 fr.

— *Problèmes élémentaires de mécanique.* 1 vol. in-8, broché. 5 fr.

Pichot et de Batz de Trenquelléon. *Éléments de mécanique*, à l'usage de la classe de Mathématiques élémentaires. 1 vol. in-8, avec figures, broché. 3 fr. 50

Tombeck. *Notions de mécanique*, à l'usage des élèves des lycées. 1 vol. in-8. 2 fr.

§ 5. Cosmographie.

Guillemin (Am.). *Éléments de Cosmographie*, conformes au programme de 1890, à l'usage de la classe de Rhétorique. In-16, avec fig., cartonnage toile. 3 fr.

Pichot. *Traité élémentaire de cosmographie*, à l'usage de la classe de Mathématiques élémentaires. 1 vol. in 8, avec 207 figures et 2 planches, broché. 6 fr.

— *Cosmographie élémentaire*, contenant les matières du programme de 1890, à l'usage de la classe de Rhétorique. 1 vol. in-16, avec 147 fig., cart. toile. 2 fr. 50

Tombeck. *Cours de cosmographie.* 1 vol. in-8, avec figures, broché. 3 fr. 50

§ 6. *Physique; Chimie:*

Angot, ancien professeur de physique au lycée Condorcet. *Éléments de physique,* contenant les matières indiquées par les programmes de 1890, à l'usage des classes de Troisième et Philosophie. 1 vol. in-16 avec 447 figures, cartonné   5 fr.
— *Traité de physique élémentaire,* à l'usage des classes de mathématiques élémentaires et des candidats à l'École polytechnique. 1 vol. in-8, broché.   8 fr.
Cartonnage toile.   9 fr.
Ganot. *Traité élémentaire de physique;* 20ᵉ édit., refondue et complétée par M. Maneuvrier, agrégé des sciences physiques, 1 fort vol. in-16, avec 1147 fig., br.   8 fr.
Cartonnage toile.   8 fr. 50
— *Cours de physique purement expérimental et sans mathématiques;* 9ᵉ édition, complètement refondue et rédigée à nouveau, par M. Maneuvrier. 1 vol. in-16, avec 569 fig., broché.   6 fr.
Cartonnage toile.   6 fr. 50

Gay, professeur de physique au lycée Louis-le-Grand ; *Lectures scientifiques* (physique, chimie), rédigées conformément aux programmes du 28 janvier 1890. 1 fort vol. in-16, avec figures, broché.   4 fr. 5
· Cartonnage toile.   5 f
Gossin, proviseur du lycée de Lyon. *Cours de physique,* conforme aux programmes de 1890, à l'usage des classes de Troisième et Philosophie, 1 vol. in-16, avec figures, cart.   4 f
Joly, maître de conférences à la Faculté des sciences de Paris. *Éléments de chimie,* conformes aux programmes de 1890, à l'usage des classes de Philosophie. 1 vol. in-16, avec fig., cartonnage toile.   3 f
Payen. *Précis de chimie industrielle,* 6ᵉ édition, revue et mise au courant par M. Vincent. 2 vol. in-8 de texte et 1 vol. de planches, brochés.   32 f

§ 7. *Histoire naturelle.*

Gervais. *Éléments de zoologie,* comprenant l'anatomie, la physiologie, la classification et l'histoire naturelle des animaux; 4ᵉ édit. 1 v. in-8, avec 604 figures et 3 planches, broché.   9 fr.
— *Cours élémentaire d'histoire naturelle, zoologie,* contenant les matières des programmes de 1890, à l'usage de la classe de Sixième. 1 vol. in-16, avec figures, cartonné.   3 fr.
Jangin, professeur au lycée Louis-le-Grand. *Cours élémentaire de botanique,* conforme au programme de 1890, à l'usage de la classe de Cinquième. 1 vol. in-16, avec 416 fig., cartonnage toile. 3 fr. 50
— *Anatomie et physiologie végétales,* conformes au programme de 1890, à l'usage de la classe de Philosophie. 1 vol. in-16, avec fig., cart. toile.   5 fr.
— *Éléments d'hygiène,* rédigés conformé-

ment aux programmes de 1890 et de 189 à l'usage de la classe de Rhétorique. 1 vol. in-16 avec gravures, cartonnage toile. 3 f
Perrier, professeur au Muséum d'histoire naturelle de Paris. *Éléments de zoologie,* conforme au programme de 1890, à l'usage de la classe de Sixième. 1 volume in-16, avec 328 fig., cart. toile.   3
— *Anatomie et physiologie animale,* contenant les matières indiquées par le programme de 1890, à l'usage de la classe de Philosophie. 1 vol. in-8 avec 328 figures, broché.   8
Seignette, professeur au lycée Condorcet.
— *Cours élémentaire de géologie,* conforme au programme de 1890, à l'usage de la classe de Cinquième. 1 vol. in-1 avec figures, cartonnage toile.   2 fr. 5

8° ÉTUDE DE LA LANGUE LATINE

Asselin, professeur au collège Rollin. *Choix de dissertations françaises et latines, de vers et de thèmes grecs,* à l'usage des candidats à la licence ès lettres :

sujets et développements. 1 vol. in-8. 5
— *Compositions françaises et latines,* à l'usage des lycées, des collèges. 1 vol. in-8, broché.   6

Auteurs latins (les) expliqués d'après une méthode nouvelle par deux traductions françaises, l'une littérale et *juxtalinéaire*, présentant le mot à mot français en regard des mots latins correspondants ; l'autre correcte et précédée du texte latin ; par une société de professeurs et de latinistes. Format in-16, broché :
Cette collection comprend les principaux auteurs qu'on explique dans les classes.

César : Guerre des Gaules, 2 vol.　9 fr.
　Chaque volume se vend séparément.
— Guerre civile, livre I.　　　2 fr. 25
Cicéron : Brutus.　　　　　　4 fr.
— Catilinaires (les quatre).　　2 fr.
— Des lois, livre I.　　　　　1 fr. 50
— Des devoirs.　　　　　　　6 fr.
— Dialogue sur l'amitié.　　　1 fr. 25
— Dialogue sur la vieillesse.　1 fr. 25
— Discours pour la loi Manilia.　1 fr. 50
— Discours pour Ligarius.　　75 c.
— Discours pour Marcellus.　　75 c.
— Discours sur les statues.　　3 fr.
— Discours sur les supplices.　3 fr.
— Seconde philippique.　　　2 fr.
— Plaidoyer pour Archias.　　90 c.
— Plaidoyer pour Milon.　　　1 fr. 50
— Plaidoyer pour Murena.　　2 fr. 50
— Songe de Scipion.　　　　50 c.
Cornelius Nepos.　　　　　5 fr.
Heuzet : Histoires choisies des écrivains profanes, 2 vol.　　　6 fr.
　Chaque volume séparément.　　3 fr.
Horace : Art poétique.
— Épitres.　　　　　　　　2 fr.
— Odes et Épodes, 2 vol.　　4 fr. 50
　Les livres I et II des Odes.　2 fr.
　Les livres III et IV des Odes et les Épodes.　　　　　　　2 fr. 50
— Satires.　　　　　　　　2 fr.
Justin : Histoires philippiques. 2 v. 12 fr.
　Chaque volume séparément.　　6 fr.
Lhomond : Abrégé de l'histoire sainte. 3 fr.
— Sur les hommes illustres de la ville de Rome.　　　　　　　4 fr. 50
Lucrèce : Morceaux choisis de M. Poyard.
　Prix :　　　　　　　　3 fr. 50
Ovide : Choix des métamorphoses.　6 fr.
Phèdre : Fables.　　　　　2 fr.
Plaute : L'Aululaire.　　　1 fr. 75
Quinte-Curce : Histoire d'Alexandre le Grand, 2 vol.　　　　12 fr.
　Chaque volume se vend séparément　6 fr.
Salluste : Catilina.　　　　1 fr. 50
— Jugurtha.　　　　　　　3 fr. 50
Sénèque : De la vie heureuse.　1 fr. 50

Tacite : Annales, 4 vol.　　18 fr.
　Chaque volume se vend séparément.
— Germanie (la).　　　　　1 fr.
— Histoires. Livres I et II.　5 fr.
— Vie d'Agricola.　　　　　1 fr. 50
Térence : Adelphes.　　　　2 fr.
— Andrienne.　　　　　　　2 fr. 50
Tite-Live. Livres XXI et XXII.　5 fr.
— Livres XXIII, XXIV et XXV. 7 fr. 50
Virgile : Bucoliques (les).　　1 fr.
— Géorgiques (les).　　　　2 fr.
— Énéide : 4 volumes.　　　16 fr.
　Chaque volume séparément.　4 fr.
　Chaque livre séparément.　　1 fr. 50

Bloume. *Une première année de latin;* 3e édition. 1 vol. in-16, cartonné.　2 fr.

Bouché-Leclercq : *Manuel des institutions romaines.* 1 volume grand in-8, broché.　　　　　　　　15 fr.

Bréal, professeur de grammaire comparée au Collège de France, et **Person** (Léonce), ancien professeur au lycée Condorcet. *Grammaire latine élémentaire,* 1 v. in-16, cartonnage toile.　　　2 fr.
— *Grammaire latine,* cours élémentaire et moyen. 1 volume in-16, cartonnage toile. Prix.　　　　　　　2 fr. 50
— *Exercices.* Voyez *Pressard.*

Bréal et Bailly, professeur au lycée d'Orléans. *Leçons de mots :* les mots latins groupés d'après le sens et l'étymologie :
　Cours élémentaire, à l'usage de la classe de Sixième. In-16 cart.　1 fr. 25
　Exercices sur le Cours élémentaire. Voyez *Person.*
　Cours intermédiaire, à l'usage des classes de Cinquième et de Quatrième. 1 vol. in-16, cartonné.　2 fr. 50
　Cours supérieur. Dictionnaire étymologique latin. 1 vol. in-8, cart.　7 fr. 50

Chassang, ancien inspecteur général de l'instruction publique. *Modèles de composition latine,* avec des arguments, des notes et des préceptes sur chaque genre de composition. 1 vol. in-16, cart.　2 fr.

Châtelain, chargé de conférences à la Faculté des lettres de Paris. *Lexique latin-français,* rédigé conformément au décret du 19 juin 1880, à l'usage des candidats au baccalauréat ; nouvelle édition. 1 vol. in-16, cart.　　　6 fr.
　Reconnu conforme à la note officielle du 29 janvier 1881.

18   ÉTUDE DE LA LANGUE LATINE

Classiques latins; nouvelle collection, format petit in-16, publiée avec des notices, des arguments analytiques et des notes en français.

Ces éditions se recommandent par la pureté du texte, la concision des notes, la commodité du format, l'élégance et la solidité du cartonnage.

César: Commentaires (Benoist et Dosson). 1 vol.   2 fr. 50
Cicéron : Extraits des discours (F. Ragon).   2 fr. 50
— Extraits des ouvrages de rhétorique, (V. Cucheval, professeur de rhétorique au lycée Condorcet.)   2 fr.
— Choix de lettres (V. Cucheval).   2 fr.
— De amicitia (E. Charles, recteur). 75 c.
— De finibus bonorum et malorum, libri I et II (E. Charles, recteur).   1 fr. 50
— De legibus, livre I (Lucien Lévy, professeur au lycée d'Amiens).   75 c.
— De natura Deorum (Thiaucourt). 1 fr. 50
— De re publica (E. Charles).   1 fr. 50
— De signis (E. Thomas, prof. à la Faculté des lettres de Douai).   1 fr. 50
— De suppliciis (E. Thomas).   1 fr. 50
— De senectute (E. Charles).   75 c.
— In M. Antonium oratio philippica secunda (Gantrelle).   1 fr.
— In Catilinam orationes quatuor (Noël, professeur au lycée de Versailles). 75 c.
— Orator (C. Aubert).   1 fr.
— Pro Archia poeta (E. Thomas). 60 c.
— Pro lege Manilia (Noël).   60 c.
— Pro Ligario (Noël).   30 c.
— Pro Marcello (Noël).   30 c.
— Pro Milone (Noël).   75 c.
— Pro Murena (Noël).   75 c.
— Somnium Scipionis (V. Cucheval). 30 c.
Cornelius Nepos (Monginot, professeur au lycée Condorcet).   90 c.
Élégiaques romains (Waltz).   1 fr. 80
Épitome historiæ græcæ (Julien Girard). Prix.   1 fr. 50
Heuzet : Selectæ e profanis scriptoribus historiæ. Édition simplifiée (Lecomte). Prix.   1 fr. 80
Horace: De arte poetica (M. Albert). 60 c.
Jouvency : Appendix de diis et heroibus (Edeline).   70 c.
Lhomond : De viris illustribus urbis Romæ (L. Duval).   1 fr. 50
— Epitomæ historiæ sacræ (Pressard, professeur au lycée Louis-le-Grand). 75 c.

Lucrèce : De natura rerum, livre (Benoist et Lantoine).   90
— Morceaux choisis (Poyard, professeur au lycée Henri IV).   1 fr. 50
Ovide : Morceaux choisis des métamorphoses (Armengaud).   1 fr.
Pères de l'Église latine : Morceaux choisis (Nourrisson).   2 fr.
Phèdre : Fables (Talbert).   80
Plaute : L'aululaire (Benoist).   80
— Morceaux choisis (Benoist).   2 fr.
Pline le Jeune : Choix de lettres (Waltz, prof. à l'École sup. d'Alger). 1 fr.
Quinte-Curce (Dosson).   2 fr.
Quintilien : De institutione oratoria (Dosson).   1 fr.
Salluste (Lallier).   1 fr.
Sénèque : De vita beata (Delaunay). 75
— Lettres à Lucilius, I à XVI (Aubé). 75
Tacite : Annales (Jacob).   2 fr.
— Hist., livres I et II (Gœlzer). 1 fr.
— Histoires (Gœlzer).   1 fr.
— Vie d'Agricola (Jacob).   75
Térence : Adelphes (Psichari).   80
Tite-Live (Riemann et Benoist).
   Livres XXI et XXII. 1 vol.   2
   Livres XXIII, XXIV et XXV. 1 vol. 2 fr.
   Livres XXVI à XXX. 1 vol.   3 fr.
— Narrationes (Riemann et Uri). 1 fr.
Virgile (Benoist).   2 fr.

Classiques latins, formats in-16. Éditions publiées avec des notes en français par des auteurs dont les noms sont indiqués entre parenthèses.
Cicero : De officiis (H. Marchand). 1
— De oratore (Bétolaud).   1 fr.
— Tusculanarum quæstionum libri (Jourdain).   1 fr.
Horatius : Opera (Sommer).   2
Justinus : Historiæ philippicæ (Pessonneaux).   1 fr.
Lucain : La Pharsale (Naudet).   2
Narrationes selectæ e scriptoribus latinis (Chassang).   2 fr.
Pline l'Ancien : Morceaux extraits de l'Histoire naturelle (Chassang). 1 fr.
— Panégyrique de Trajan (Bétolaud). 75
Sénèque : Choix de lettres morales à Lucilius (Sommer).   1 fr.
Voir ci-dessus *Classiques latins* (nouvelle collection, format petit in-16).

Comte (Ch.), professeur agrégé au lycée Hoche. *Exercices latins à l'usage des commençants.* Recueil de versions et de thèmes écrits ou oraux sur l'Abrégé de Grammaire latine de M. L. Havet, avec un vocabulaire. 1 vol. in-16, cartonnage toile.   2 fr. 5

Éditions à l'usage des professeurs.
Textes latins publiés d'après les travaux
les plus récents de la philologie, avec des
commentaires critiques et explicatifs, des
introductions et des notices. Format grand
in-8, broché. En vente :

Cicéron : Discours pour le poète Archias,
par M. Émile Thomas, professeur à la Faculté des lettres de Lille. 1 vol.   2 fr. 50
— De suppliciis, par le même. 1 vol. 4 fr.
— De signis, par le même, 1 vol.   4 fr.
— Divinatio in Q. Cæcilium, par le même,
1 vol.   2 fr. 50
— Brutus, par M. J. Martha, maître de
conférences à l'École normale supérieure. 1 vol.   6 fr.

Cornelius Nepos, par M. Monginot, professeur au lycée Condorcet. 1 vol. 6 fr.

Horace : L'Art poétique, par M. M. Albert, prof. au collège Rollin, 1 v. 2 fr. 50

Lucrèce : De la nature des choses, liv. V,
par MM. Benoist, et Lantoine. 1 vol. 4 fr.

Salluste : Guerre de Jugurtha, par
M. Lallier, ancien professeur à la Fa-
culté des lettres de Paris. 1 vol.   4 fr.
— Catilina, par M. Anthoine. 1 vol. 6 fr.

Tacite : Annales, par M. Jacob, professeur à Louis-le-Grand. 2 vol.   15 fr.
— Dialogue des orateurs, par M. Gœlzer,
maître de conférences à la Faculté des
lettres de Paris. 1 vol.   4 fr.

Virgile, par M. Benoist. 3 vol. :
Bucoliques et Géorgiques. 1 vol. 7 fr. 50
Énéide; 3ᵉ tirage. 2 vol.   15 fr.
Chaque volume séparément   7 fr. 50

Gow (Dʳ J.) principal du collège de Not-
tingham, et **S. Reinach** : *Minerva*,
introduction à l'étude des classiques sco-
laires grecs et latins. Ouvrage adapté aux
besoins des écoles françaises. 2ᵉ édit.
1 vol. in-16, cartonnage toile.   3 fr.

Guérard et Molliard, directeurs des
études au collège Sainte-Barbe. *Petit
dictionnaire latin-français*. 1 vol. in-16
cartonnage toile.   4 fr.

Havet (L.), prof. de philologie latine au
Collège de France. *Abrégé de grammaire
latine*, à l'usage des classes de grammaire.
1 vol. in-16, cart. toile.   1 fr. 50
— *Exercices*. Voyez Comte.

Le Roy. *Sujets et développements de
compositions latines*. In-8, br.   3 fr. 50
— *Sujets et développements de compositions* données dans les Facultés de 1860 à
1873, ou proposées comme exercices préparatoires pour les examens de la licence
ès lettres, avec des observations de M. Düh-
ner. 2ᵉ édition. 1 vol. in-8, br.   5 fr.

Lhomond. *Éléments de la grammaire
latine*. 1 vol. in-16, cartonné.   80 c.

Marais. *Recueil de versions latines* dictées dans les Facultés, depuis 1874 jusqu'en 1881, pour l'examen du baccalauréat
ès sciences: *textes et traductions*. 2 vol.
in-8, Brochés.   6 fr.
Chaque volume séparément.   3 fr.

Merlet. *Études littéraires sur les grands
classiques latins*, avec des extraits empruntés aux meilleures traductions. 1 vol.
in-16, broché.   4 fr.

**Méthode uniforme pour l'enseigne-
ment des langues**, par E. Sommer.
Abrégé de grammaire latine. In-16,
cartonné   1 fr. 25
Questionnaire sur l'Abrégé de grammaire
latine. In-16, cartonné.   50 c.
Exercices sur l'Abrégé de grammaire
latine. 1 vol. in-16, cartonné.   1 fr. 25
Corrigé desdits exercices. In-16.   1 fr. 50
Cours de versions latines extrait du re-
cueil de Jacobs. 1ʳᵉ partie. 1 vol. in-16,
cartonné.   1 fr.
Corrigé. 1 vol. in-16, broché.   1 fr. 25
Cours de versions latines. 2ᵉ partie.
1 vol. in-16, cartonné.   1 fr.
Corrigé. 1 vol. in-16, broché.   1 fr. 25
Cours de thèmes latins. In-16.   1 fr. 50
Cours complet de grammaire latine.
1 vol. in-8, cartonné.   2 fr. 50
Exercices sur le Cours complet de gram-
maire latine. In-8, cartonné.   2 fr. 50
Voir pages 7 et 23 pour les *langues française et
grecque*.

Noël. *Dictionnaire français-latin*; nouvelle édition revue par M. Pessonneaux,
professeur au lycée Henri IV. 1 vol. grand
in-8, cartonnage toile.   8 fr.
— *Dictionnaire latin-français*; nouvelle
édition revue par M. Pessonneaux, professeur au lycée Henri IV. 1 vol. grand
in-8, cartonnage toile.   8 fr.
— *Gradus ad Parnassum*, nouv. édit., revue
par M. de Parnajon, profes. au lycée Henri IV. 1 vol. gr. in-8, cart. toile. 8 fr.

Patin. *Études sur la poésie latine*. 2 vol.
in-16, brochés.   7 fr.

Person (Léonce), ancien professeur au
lycée Condorcet : *Exercices de traduction et d'application* (thèmes et versions)
sur les mots latins de MM. Bréal et Bailly.
Cours élémentaire. 1 vol. in-16, cart. 1 fr.

Pierron. *Histoire de la littérature romaine*. 1 vol. in-16, broché.   4 fr.

Pressard, professeur au lycée Louis-le-
Grand : *Premières leçons de latin*. 1 vol.
in-16, cartonné.   2 fr. 50

Pressard (suite). *Exercices latins*, thèmes, versions, questionnaires et exercices oraux sur la Grammaire latine élémentaire de MM. Bréal et Person. 2 vol.
　　1ʳᵉ partie : Exercices sur les déclinaisons, les conjugaisons et les mots invariables. Thèmes et versions sur les éléments de la syntaxe, avec des listes de mots. 1 vol. in-16 cartonnage toile. 　2 fr. 50
　　2ᵉ partie : Exercices sur la syntaxe et exercices généraux avec un vocabulaire. 1 vol. in-16, cartonnage toile. 　2 fr. 50
Quicherat (L.). *Dictionnaire français-latin*. Nouvelle édition refondue par M. Chatelain. Grand in-8, cartonnage toile. 　9 fr. 50
— *Thesaurus poeticus linguæ latinæ*. 1 vol. grand in-8, carton. toile. 　8 fr. 50
— *Nouvelle prosodie latine*. 1 vol. in-16, cartonné. 　1 fr.
— *Traité de versification latine*. 1 vol in-16 cartonné. 　3 fr.
Quicherat et Daveluy. *Dictionnaire latin-français*. Nouvelle édition entièrement refondue par M. Chatelain. Grand in-8, cartonnage toile. 　9 fr. 50
Sommer. *Lexique français-latin*, à l'usage des classes élémentaires, extrait du dictionnaire français-latin de M. Quicherat ; nouvelle édition revue et complétée par M. Chatelain. 1 vol. in-8 cartonné. 　3 fr. 75
— *Lexique latin-français*, à l'usage des classes élémentaires, extrait du Dictionnaire latin-français de MM. Quicherat et

Daveluy ; nouvelle édition revue et complétée par M. Chatelain. 1 vol. in-8, cartonnage toile. 　3 fr. 7
　Voir *Méthode uniforme pour l'enseignement des langues*, pages 6 et 23.
Thurot et Chatelain. *Prosodie latine*. 1 vol. in-16, cart. 　1 fr. 2
Traductions françaises des chefs d'œuvre de la littérature latine sans le texte latin, à 3 fr. 50 le volume format in-16 :
　Le nom des traducteurs est indiqué entre parenthèses.
Horace (Jules Janin), 1 vol.
Juvénal et Perse (E. Despois), 1 vol.
Lucrèce (Patin), 1 vol.
Plaute (E. Sommer), 2 vol.
Sénèque (J. Baillard), 2 vol.
Tacite (J.-L. Burnouf), 1 vol.
Tite Live (Gaucher), 4 vol.
Virgile (Cabaret-Dupaty), 1 vol.
Tridon-Péronneau. *Cours de Versions latines*, 125 textes précédés de notices sur les auteurs, disposés dans un ordre méthodique et accompagné de notes grammaticales, historiques et littéraires, à l'usage des candidats au baccalauréat. Textes latins. 1 vol. in-16, broché. 　2 f
Le même ouvrage. Traduction française. 1 vol. in-16, broché. 　1 fr. 5
Uri (J.). *Recueil de versions latines*, dictées à la Sorbonne pour les examens du baccalauréat ès lettres de 1883 à 188 2 vol. in-16 ; *textes et traductions*, br. 3 f

9° ÉTUDE DE LA LANGUE GRECQUE ANCIENNE

Alexandre (C.). *Dictionnaire grec-français*, suivi d'un *Vocabulaire grec-français des noms propres de la langue grecque*, par A. Pillon. 1 vol. grand in-8, cartonnage toile. 　15 fr.
— *Abrégé du dictionnaire grec-français*, par le même auteur. 1 vol. grand in-8, cartonnage toile. 　7 fr. 50
Alexandre, Planche et Defauconpret. *Dictionnaire français grec.* 1 vol in-8, cartonnage toile. 　15 fr.
Auteurs grecs (les) **expliqués d'après une méthode nouvelle, par deux traductions françaises,** l'une littérale et *juxtalinéaire*, présentant le mot à mot français en regard des mots grecs correspondants, l'autre correcte et précédée du texte grec, avec des sommaires et des notes en français, par une société de professeurs et d'hellénistes. Format in-16. Cette collection comprend les principaux auteurs qu'on explique dans les classes.

Aristophane : Plutus. 　2 fr.
— Morceaux choisis de M. Poyard. 　6 f
Aristote : Morale à Nicomaque, livre vi 1 vol. 　1 fr. 5
— Morale à Nicomaque, liv. x. 　1 fr. 5
— Poétique. 　2 fr. 5
Babrius : Fables. 　4 f
Basile (S.) : De la lecture des auteurs profanes. 　1 fr. 5
— Contre les usuriers. 　75
— Observe-toi toi-même. 　90 c
Chrysostome (S. Jean) : Homélie en faveur d'Eutrope. 　60 c
— Homélie sur le retour de l'évêque Flavien. 　1 f
Démosthène : Discours contre la loi Leptine. 　3 fr.
— Discours pour Ctésiphon ou sur la couronne. 　3 fr. 5
— Harangue sur les prévarications de l'ambassade. 　6 f

— Les trois Olynthiennes. 1 fr. 50
— Les quatre Philippiques. 2 fr.
Denys d'Halicarnasse : Première lettre
à Ammée. 1 fr. 25
Eschine : Discours contre Ctésiphon. 4 fr.
Eschyle : Prométhée enchaîné. 3 fr.
— Sept (les) contre Thèbes. 1 fr. 50
— Morceaux choisis de M. Weil. 5 fr.
Ésope : Fables choisies. 1 fr. 25
Euripide : Alceste. 2 fr.
— Electre. 3 fr.
— Hécube. 2 fr.
— Hippolyte. 3 fr. 50
— Iphigénie à Aulis. 3 fr.
Grégoire de Nazianze (S.) : Éloge funè-
bre de Césaire. 1 fr. 25
— Homélie sur les Machabées. 90 c.
Grégoire de Nysse (S.) : Contre les usu-
riers. 75 c.
— Éloge funèbre de saint Mélèce. 75 c.
Hérodote : Morceaux choisis. 7 fr. 50
Homère : Iliade. 6 volumes. 20 fr.
Chaque volume séparément. 3 fr. 50
Chaque chant séparément. 1 fr.
— Odyssée. 6 vol. 24 fr.
Chaque volume séparément. 4 fr.
Les chants 1, 2, 6, 11 et 12 se vendent sépa-
rément, chacun 1 fr.
Isocrate : Archidamus. 1 fr. 30
— Conseils à Démonique. 75 c.
— Éloge d'Evagoras. 1 fr.
— Panégyrique d'Athènes, 2 fr. 50
Luc (S.) : Évangile. 3 fr.
Lucien : Dialogues des morts. 2 fr. 25
— Le songe, ou le coq. 1 fr. 50
— De la manière d'écrire l'histoire. 2 fr.
Pères grecs (choix de discours tirés des).
Prix : 7 fr. 50
Pindare : Isthmiques (les). 2 fr. 50
— Néméennes (les). 3 fr.
— Olympiques (les). 3 fr. 50
— Pythiques (les). 3 fr. 50
Platon : Alcibiade (le 1er). 2 fr. 50
— Apologie de Socrate. 2 fr.
— Criton. 1 fr. 25
— Gorgias. 6 fr.
— Phédon. 5 fr.
— République, livre VI. 2 fr. 50
— République, livre VIII. 2 fr. 50
Plutarque : De la lecture des poëtes, 3 fr.
— Sur l'éducation des enfants. 2 fr.
— Vie d'Alexandre. 3 fr.
— Vie d'Aristide. 2 fr.
— Vie de César. 3 fr.
— Vie de Cicéron. 3 fr.
— Vie de Démosthène. 2 fr. 50
— Vie de Marius. 3 fr.
— Vie de Pompée. 5 fr.

— Vie de Solon. 3 fr.
— Vie de Sylla. 3 fr.
— Vie de Thémistocle. 2 fr.
Sophocle : Ajax. 2 fr. 50
— Antigone. 2 fr. 25
— Electre. 3 fr.
— Œdipe à Colone. 2 fr.
— Œdipe roi. 1 fr. 50
— Philoctète. 2 fr. 50
— Trachiniennes (les). 2 fr. 50
Théocrite : Œuvres complètes. 7 fr. 50
Thucydide : Guerre du Péloponèse :
Livre I. 6 fr.
Livre II. 5 fr.
Morceaux choisis de M. Croiset. 5 fr.
Xénophon : Anabase (les 7 liv.), 2 v. à 12 fr.
Chaque livre séparément. 2 fr.
— Apologie de Socrate. 60 c.
— Cyropédie, livre I. 1 fr. 25
— — livre II. 1 fr. 25
— Économique. 3 fr. 50
— Entretiens mémorables de Socrate (les
quatre livres). 7 fr. 50
— Extraits des Mémorables. 2 fr. 50
— Extraits de la Cyropédie. 1 fr. 25
— Morceaux choisis de M. de Parnajon
Prix : 7 fr. 50
Bréal, professeur de grammaire comparée
au Collège de France, et **Bailly**, profes-
seur au lycée d'Orléans : *Leçons de mots :*
les mots grecs groupés d'après le sens et
l'étymologie. 1 vol. in-16, cart. 1 fr. 50
Voy. *Person* : Exerc. de trad. et d'applic.
Classiques grecs, nouvelle collection,
format petit in-16, publiée avec des no-
tices, des arguments analytiques et des
notes en français.
Ces éditions se recommandent par la pureté du
texte, la concision des notes, la commodité du
format, l'élégance et la solidité du cartonnage
Aristophane : Morceaux choisis (Poyard,
professeur au lycée Henri IV). 2 fr.
Aristote : Morale à Nicomaque, livre
VIII (Lucien Lévy, professeur au lycée
d'Amiens). 1 fr.
— Morale à Nicomaque, livre x (Hanne-
quin, professeur au lycée de Lyon).
Prix : 1 fr. 50
— Poétique (Egger, membre de l'Insti-
tut) 1 fr.
Babrius : Fables (Desrousseaux). 1 fr. 50
Démosthène : Discours de la couronne
(Weil, membre de l'Institut). 1 fr. 25
— Les trois Olynthiennes (Weil). 60 c.
— Les quatre Philippiques (Weil). 1 fr.
— Sept Philippiques (H. Weil). 1 fr. 50
Denys d'Halicarnasse : Première lettre à
Ammée (Weil). 60 c.

Élien : Morceaux (J. Lemaire). 1 fr. 10
Épictète : Manuel (Thurot). 1 fr.
Eschyle : Morceaux choisis (Weil). 1 fr. 60
— Les Perses (Weil). 1 fr.
— Prométhée enchaîné (Weil). 1 fr.
Euripide : Théâtre (Weil). Alceste; —
Électre; — Hécube; — Hippolyte; —
Iphigénie à Aulis; — Iphigénie en
Tauride. Chaque tragédie. 1 fr.
— Morceaux choisis (Weil). 2 fr.
Hérodote : Morceaux choisis (Tournier,
maître de conférences à l'École nor-
male). 1 vol. 2 fr.
Homère : Iliade (A. Pierron). 3 fr. 50
Les chants 1, 2, 6, 9, 10, 18, 22 et 24 se ven-
dent séparément, chacun, 25 c.
— Odyssée (A. Pierron). Les chants 1, 11,
vi, xi, xxii et xxiii, 2 fr. 50
Chaque chant séparément. 25 c.
Lucien : De la manière d'écrire l'histoire
(Lehugeur). 75 c.
— Dialogues des morts (Tournier et Des-
rousseaux). 1 fr. 50
— Morceaux choisis (Talbot). 2 fr.
— Le songe ou le coq (Desrousseaux).
Prix : 1 fr.
Platon : République, livre vi (Aubé, anc.
profes. au lycée Condorcet). 1 fr. 50
— République, livre vii (Aubé). 1 fr. 50
— République, livre viii (Aubé). 1 fr. 50
— Criton (Ch. Waddington). 50 c.
— Morceaux choisis (Poyard) 2 fr.
Plutarque : Vie de Cicéron (Graux). 1 fr. 50
— Vie de Démosthène (Graux). 1 fr.
— Vie de Périclès (Jacob). 1 fr. 50
— Morceaux choisis des biographies
(Talbot). 2 vol. :
1° Les Grecs. 1 vol. 2 fr.
2° Les Romains. 1 vol. 2 fr.
— Morceaux choisis des œuvres morales
(V. Bétolaud). 1 vol. 2 fr.
Sophocle : Théâtre (Tournier). Ajax; —
Antigone; — Électre; — Œdipe à Co-
lone; — Œdipe roi; — Philoctète; — les
Trachiniennes. Chaque tragédie. 1 fr.
Le même théâtre, sans notes. 2 fr.
Sophocle : Morceaux choisis (Tournier).
Prix : 2 fr.
Thucydide : Morceaux choisis (A. Croi-
set, maître de conférences à la Faculté
des lettres de Paris). 2 fr.
Xénophon : Morceaux choisis (de Parna-
jon, prof. au lycée Henri IV). 2 fr.
— Économique (Graux et Jacob). 1 fr. 50
— Extraits de la Cyropédie (Petitjean).
Prix : 1 fr. 50
— Ext. des Mémorables (Jacob). 1 fr. 50
— Mémorables, livre i (Lebègue). 1 fr.

Classiques grecs, format in-16. Édi-
tions publiées avec des notes en français.
Aristophane : Plutus (Ducassau). 1 fr.
Babrius : Fables (Th. Fix). 60 c.
Basile (S.) : Discours sur la lecture des
auteurs profanes (Sommer). 50 c.
— Homélie sur le précepte : Observe-toi
toi-même (Sommer). 30 c.
Chrysostome (S. Jean) : Discours sur le
retour de l'évêque Flavien (Sommer).
40 c.
— Homélie en faveur d'Eutrope (Som-
mer). 30 c.
Démosthène : Discours contre la loi de
Leptine (Stiévenart). 90 c.
Eschyle : Sept contre Thèbes (les) (Ma-
terne). 1 fr.
Ésope : Fables choisies (Sommer). 1 fr.
Grégoire (S.) de *Nazianze* : Homélie sur
les Machabées (Sommer). 40 c.
Hérodote : Livre I (Sommer). 3 fr. 50
Homère : Odyssée (Sommer). 3 fr. 50
Les chants 1, 2, 6, 11, 12, 22 et 23 se vendent
séparément, chacun, 25 c.
Isocrate : Archidamus (Leprévost). 50 c.
— Éloge d'Évagoras (Sommer). 50 c.
— Panégyrique d'Athènes (Sommer). 80 c.
Lucien. Nigrinus (C. Leprévost). 40 c.
— Songe (le) ou le Coq (de Sinner). 50 c.
Pères grecs : Choix de discours (Som-
mer). 1 fr. 75
Pindare : Isthmiques (les) (Fix et Som-
mer). 60 c.
— Néméennes (les) (id.). 90 c.
— Olympiques (les) (id.). 1 fr. 50
— Pythiques (les) (id.). 1 fr. 50
Platon : Alcibiade (le premier). 65 c.
— Alcibiade (le second) (Mablin). 50 c.
— Apologie de Socrate (Talbot). 60 c.
— Gorgias (Sommer). 1 fr. 50
— Phédon (Sommer). 60 c.
Plutarque : De la lecture des poètes
(Ch. Aubert). 75 c.
— De l'éducat. des enfants (C. Bailly). 60 c.
Plutarque : Vie d'Alexandre (Bétolaud).
Prix : 1 fr.
— Vie d'Aristide (Talbot). 1 fr.
— Vie de César (Materne). 1 fr.
— Vie de Pompée (Druon). 1 fr.
— Vie de Solon (Dettour). 1 fr.
— Vie de Thémistocle (Sommer). 1 fr.
Théocrite : Idylles choisies (L. Renier).
Prix : 1 fr. 25
Thucydide : Guerre du Péloponèse :
Livre I (Legouëz). 1 fr. 60
Livre II (Sommer). 1 fr. 60

Xénophon : Anabase, les sept livres (de
Parnajon). 3 fr.
Chaque livre séparémnt. 75 c.
— Cyropédie, livre I (Huret). 75 c.
— Cyropédie, livre II (Huret). 75 c.
— Entretiens mémorables de Socrate
(Sommer). 2 fr.
Voir ci-dessus *Classiques grecs* (nouvelle col-
lection. format petit in-16).
Croiset (A.) et **Petitjean,** professeur au
lycée Buffon. *Premières leçons de grammaire grecque,* rédigées conformément au
programme de la classe de Cinquième.
1 vol. in-16, cart. toile, 1 fr. 50
— *Grammaire grecque* à l'usage des classes
de grammaire et de lettres, 1 vol. in-16,
cart. toile. 3 fr.
— Exercices d'application, voir *Petitjean
et Glachant.*
Denys d'Halicarnasse. *Jugement sur
Lysias,* texte et traduction française publiés avec un commentaire critique et
explicatif par MM. Desrousseaux, maître
de conférences à la Faculté des lettres
de Lille, et Egger, professeur agrégé au
collège Stanislas. 1 vol. in-8, broché. 4 fr.
Dübner. *Lexique français-grec,* à l'u-
sage des classes élémentaires, 1 vol. in-8,
cartonnage toile. 6 fr.
— *Lhomond grec,* ou premiers éléments de
la grammaire grecque. 1 volume in-8,
cartonné. 1 fr. 50
— *Exercices* ou versions et thèmes sur
les premiers éléments de la grammaire
grecque, précédés d'un traité élémentaire
d'accentuation. 1 vol. in-8, cart. 2 fr.
— *Corrigé des Exercices.* In-8, br. 1 fr.
Éditions à l'usage des professeurs.
Textes grecs, publiés d'après les travaux
les plus récents de la philologie, avec des
commentaires critiques et explicatifs et
des notices. Format gr. in-8, br. En vente :
Démosthène : Les harangues, par M. H.
Weil, membre de l'Institut; 2e édition.
1 vol. 8 fr.
— Les plaidoyers politiques, par M. H.
Weil. 2 vol. 16 fr.
Euripide : Sept tragédies, par M. H. Weil;
2e édition. 1 vol. 12 fr.
Homère : L'Iliade, par M. A. Pierron;
3e édit. 2 vol. 16 fr.
— L'Odyssée, par M. A. Pierron; 2e édit.
2 vol. 16 fr.
Sophocle : Tragédies, par M. Tournier,
maître de conférences à l'École nor-
male supérieure; 2e édit. 1 vol. 12 fr.
Thucydide : Guerre du Péloponèse. Li-
vres I et II, par M. Alfred Croiset, pro-

fesseur à la Faculté des lettres de Paris.
1 vol. 8 fr.
Merlet : *Études littéraires sur les grands
classiques grecs,* avec des extraits empruntés aux meilleures traductions. 1 vol.
in-16, broché. 4 fr.
**Méthode uniforme pour l'enseigne-
ment des langues,** par E. Sommer :
Abrégé de la grammaire grecque. In-16,
cartonné. 1 fr. 50
Questionnaire sur l'Abrégé de grammaire
grecque. 1 vol. in-16, cartonné. 90 c.
Exercices sur l'Abrégé de grammaire
grecque. 1 vol. in-16, cart. 1 fr. 50
Corrigé desdits exercices. In-16. 2 fr.
Cours de versions grecques, extraites
du Recueil de Jacobs. 1re partie. 1 vol.
in-16, cartonné. 1 fr.
Corrigé 1 vol. in-16, broché. 1 fr. 25
Cours de versions grecques. 2e partie.
1 vol. in-16, cartonné. 1 fr.
Corrigé. 1 vol. in-16, broché. 1 fr. 25
Cours de thèmes grecs. In-16. 1 fr. 50
Corrigé des thèmes grecs. In-16. 2 fr.
Cours complet de grammaire grecque.
1 vol. in-8, cartonné. 3 fr.
Exercices sur le Cours complet de gram-
maire grecque. In-8, cart. 3 fr.
Corrigé desdits. In-8, br. 3 fr. 50
V p. 7 et 19 pour les *langues française et latine.*
Ozaneaux. *Nouveau dictionnaire fran-
çais-grec.* 1 vol. in-8, cart. toile. 15 fr.
Patin. *Études sur les tragiques grecs,* ou
examen critique d'Eschyle, de Sophocle et
d'Euripide, 4 vol. in-16, br. 14 fr.
Pères grecs. *Choix de discours,* texte
grec annoté par M. Sommer. 1 vol. in-16,
cartonné. 3 fr. 50
Person (Léonce), ancien professeur au
lycée Condorcet : *Exercices de traduction et d'application* sur les mots grecs,
de MM. Bréal et Bailly, groupés d'après la
forme et le sens. 1 vol. in-16, cart. 1 fr. 50.
Voyez *Bréal et Person.*
Petitjean, professeur au lycée Buffon, et
V. **Glachant,** professeur au lycée Laka-
nal. *Exercices d'application* sur les
Premières leçons de grammaire grecque
de MM. Croiset et Petitjean. 1 vol. in-16,
cartonné toile. 2 fr.
— *Exercices* sur la Grammaire grecque de
MM. Croiset et Petitjean. 1 vol. in-16,
cart. toile. » »
Voir *Croiset et Petitjean.*
Pierron. *Histoire de la littérature grec-
que.* 1 vol. in-16, broché. 4 fr.
Planche. *Dictionnaire grec-français,*
refondu entièrement par Vendel-Heyl et

A. Pillon, Nouvelle édition augmentée d'un vocabulaire des noms propres, par A. Pillon. 1 vol. grand in-8, cart.   5 fr.

Quicherat(L.). *Chrestomathie ou premiers exercices de traduction grecque*, avec un lexique. Grand in-18, cart.   1 fr. 25
— *Traduction française* des exercices. Grand in-18, broché.   1 fr. 25

Sommer, *Lexique grec-français*, à l'usage des classes élément. 1 vol. in-8, cart.   6 fr.
Voir Méthode uniforme pour l'enseignement des langues, pages 6, 13 et 25.

Tournier, maître de conférences à l'École normale. *Clef du vocabulaire grec.* 1 vol. in-16, cartonné.   2 fr. 50

Tournier et Riemann, maîtres de conférences à l'École normale supérieure. *Premiers éléments de grammaire grecque.* 1 vol. in-8, cartonné.   1 fr. 50

Traductions françaises des chefs-d'œuvre de la littérature grecque sans le texte grec, à 3 fr. 50 le volume format in-16.

Le nom des traducteurs est indiqué entre parenthèses.

Anthologie grecque, 2 vol.
Aristophane (C. Poyard), 1 vol.
Diodore de Sicile (F. Hoefer), 4 vol.
Eschyle (Ad. Bouillet), 1 vol.
Euripide (Hinstin), 2 vol.
Hérodote (P. Giguet), 1 vol.
Homère (P. Giguet), 1 vol.
Lucien (E. Talbot), 2 vol.
Plutarque. Vies des hommes illustres (E. Talbot), 4 vol.
— *Œuvres morales* (Bétolaud) 5 vol.
Sophocle (Bellaguet), 1 vol.
Strabon (A. Tardieu), 4 vol.
Thucydide (E. Bétant), 1 vol.
Xénophon (E. Talbot), 2 vol.

10° ÉTUDE DES LANGUES VIVANTES
1° LANGUE ALLEMANDE

Auerbach, *Choix de récits villageois de la Forêt-Noire.* Texte allemand, publié et annoté par M. B. Lévy, ancien inspecteur général de l'instruction publique; 1 vol. petit in-16, cartonné.   2 fr. 50
Le même ouvrage, traduction française, par M. Lang, sans le texte. 1 vol. petit in-16, broché.   3 fr. 50

Bacharach. *Grammaire allemande*, à l'usage des classes supérieures. In-16. 3 f.75
— *Grammaire abrégée de la langue allemande.* 1 vol. in-16, cart.   1 fr. 80
— *Cours de thèmes allemands*, accompagnés de vocabulaires. In-16, cart.   3 fr. 25

Benedix. *Le procès*, comédie. Texte allemand, annoté par M. Lange, chargé de conférences à la Faculté des lettres de Paris. Petit in-16, cart.   60 c.
Le même ouvrage, traduction française de Mme Boullenot avec le texte. 1 vol. in-16, broché.   75 c.
Le même ouvrage, traduction *juxtalinéaire*, par M. Lang. in-16 br.   1 fr. 50
— *L'entêtement.* Texte allemand, annoté par M. Lange. Petit in-16, cart.   60 c.
Le même ouvrage, traduction française par M. Lang. 1 vol. in-16, broché.   75 c.
Le même ouvrage, traduct. *juxtalinéaire*, par M. Lang. 1 vol. in-16, br.   1 fr. 50
— *Scènes choisies du Théâtre de famille*, texte allemand, publié avec une introduction, des notices et des notes, par M. Feuillié, professeur au lycée Janson de Sailly. 1 vol. petit in-16, cart.   1 fr. 50
— *Le même ouvrage*, traduction française par M. Feuillié. 1 vol. pet. in-16, br.   1 f. 50

Bossert et Beck. *Le premier livre d'allemand*, règles, listes de mots et exercices. 3° édit. 1 vol. in-16, ill., cart. toile.   1 fr. 20
Le deuxième livre d'allemand. 1 vol. in-16 cart. toile.   2 fr. »
— *Grammaire élémentaire de la langue allemande*; 6° édition revue et complétée. 1 vol. in-16, cartonnage toile.   1 fr. 50
— *Exercices sur la grammaire élémentaire de la langue allemande*, en 2 parties. 2 vol. in-16, cartonnage toile :
1re partie. 6° édit. 1 vol.   1 fr. 50
2° partie. 3° édit. 1 vol.   1 fr. 50
— *Les mots allemands groupés d'après le sens.* 6° éd. 1 vol. in-16, cart. toile. 1 fr. 50
— *Exercices sur les mots allemands groupés d'après le sens.* 1 v. in-16, cart. 1 fr. 50
— *Lectures classiques allemandes*, à l'usage de l'enseignement secondaire, 3 vol. in-16 avec grav. cart. toile.
Lectures enfantines. 1 vol.   1 fr.
Morceaux choisis à l'usage des classes élémentaires. 1 vol.   1 fr. 50

Braeunig et Dax. *Exercices pratiques de langue allemande*, format in-16, cart.
Classe Préparatoire. 1 vol.   1 fr. 50
Classe de Huitième. 1 vol.   1 fr. 50
Classe de Septième. 1 vol.   1 fr. 50
Classes de Grammaire. 1 vol.   1 fr. 70

Campe. *Le jeune Robinson*. Texte allemand, 1 vol. in-16, cartonné. 1 fr. 50

Chamisso. *Pierre Schlemihl*. Texte allemand, annoté par M. Koell, professeur au lycée Louis-le-Grand. Petit in-16. 1 fr.
Le même ouvrage, traduction française. 1 vol. petit in-16, broché. 1 fr.

Chasles et Eguemann, *Les mots et les genres de la langue allemande*. 1 vol. in-8 cartonné. 2 fr. 50
Voir Eguemann

Choix de fables et de contes en allemand, recueillis et publiés avec une introduction, des notices et des notes, par M. Mathis, professeur au lycée de Toulouse. 1 vol. petit in-16, cartonné.
Prix : 1 fr. 50

Contes et morceaux choisis de Schmid, Krummacher, Liebeskind, Lichtwer, Hebel, Herder et Campe. Texte allemand, annoté par M. Scherdlin, professeur au lycée Charlemagne. Petit in-16, cart. 1 fr. 50

Contes populaires tirés de Grimm, Musæus, Andersen et des *Feuilles de palmier* par Herder et Liebeskind. Texte allemand, annoté par M. Scherdlin. 1 vol. petit in-16, cart. 2 fr. 50

Desfeuilles. *Abrégé de grammaire allemande*. In-16, cartonné. 2 fr. 50
— *Exercices* sur l'Abrégé de grammaire allemande. In-16, cartonné. 2 fr. 50
— *Corrigé* des exercices. In-16, br. 2 fr.

Eguemann. *Le premier livre des mots, des racines et des genres en allemand*, 1 vol. in-18, cartonné. 75 c.
Voir *Chasles et Eguemann*.

Eichhoff. *Morceaux choisis en prose et en vers des classiques allemands*. 3 vol. in-16, cart. :
I*er* vol. : Cours de Troisième, 1 fr. 50
II*e* vol. : Cours de Seconde. 2 fr. 50
III*e* vol. : Cours de Rhétorique. 3 fr.

Goethe. *Gœtz de Berlichingen*. Texte allemand, annoté par M. Lichtenberger, professeur à la Faculté des lettres de Paris; à l'usage des professeurs. 1 vol. grand in-8, broché. 10 fr.
— *Campagne de France*. Texte allemand, annoté par M. Lévy. 1 vol. petit in-16, cartonné. 1 fr. 50
Le même ouvrage, traduction française, par M. Porchat, sans le texte. 1 vol. petit in-16, broché. 2 fr.
— *Faust*, I*re* partie. Texte allemand, annoté par M. Büchner, professeur à la Faculté des lettres de Caen. In-16, cart. 2 fr.
Le même ouvrage, traduction française, par M. Porchat, sans le texte allemand. 1 vol. petit in-16, broché. 2 fr.
— *Hermann et Dorothée*. Texte allemand annoté, par M. Lévy. In-16, cart. 1 fr.
Le même ouvrage, traduction française, *par M. Lévy, avec le texte allemand et des notes, 1 vol. in-16. 1 fr. 50
Le même ouvrage, traduction juxtalinéaire, par M. Lévy. In-16. 3 fr. 50
— *Iphigénie en Tauride*. Texte allemand, annoté par M. Lévy. Petit in-16, cart. 1 50
Le même ouvrage, traduction française, par M. Lévy, avec le texte allemand et des notes. 1 vol. in-16, broché. 2 fr.
Le même ouvrage, traduction juxtalinéaire, par M. Lang. In-16. 3 fr. 50
— *Le Tasse*, Texte allemand, annoté par M. Lévy. Petit in-16, cart. 1 fr. 80
Le même ouvrage, traduction française par M. Porchat, sans le texte allemand. 1 vol. in-16, broché. 2 fr.
Le même ouvrage, traduction juxtalinéaire, par M. Lang. In-16. 3 fr. 50
— *Morceaux choisis*, Texte allemand, annoté, par M. Lévy. Petit in-16, cart. 3 fr.

Goethe et Schiller : *Poésies lyriques*, texte allemand publié avec une notice littéraire et des notes par M. H. Lichtenberger, maître de conférences à la Faculté des lettres de Nancy. 1 vol. petit in-16, cartonné. 2 fr. 50

Hauff. *Lichtenstein*, parties I et II. Texte allemand publié et annoté par M. Muller, professeur au collège Rollin. 1 vol. petit in-16, cartonné. 2 fr. 50
— *Lichtenstein*, traduction française par M. de Suckau. 1 vol. in-16, br. 1 fr. 25

Hebel : *Contes choisis*, texte allemand, publié avec une introduction, une notice, des notes, par M. Feuillié, professeur au lycée Janson de Sailly. 1 vol. petit in-16, cartonné. 1 fr. 50
Le même ouvrage, traduction française par M. Feuillié. 1 vol. petit in-16, br.
Voir *Contes et morceaux choisis*.

Heinhold. *Petit dictionnaire français-allemand et allemand-français*. 1 vol. in-16, cartonnage toile. 4 fr.

Herder. *Idées sur la philosophie de l'histoire de l'humanité*. Texte allemand; édition complète. In-16, cart. 4 fr. 50

Hoffmann : *Le tonnelier de Nuremberg* (Meister Martin). Texte allemand, annoté par M. Bauer. Petit in-16, cart. 2 fr.
Le même ouvrage, traduction française par M. Malvoisin. 1 vol. petit in-16, broché. 1 fr. 50

Kleist : *Michaël Kohlhaas.* Texte allemand, annoté par M. Koch. 1 vol. petit in-16, cartonné. **1 fr.**
Le même ouvrage, traduit en français par Mme Ida Becker, avec le texte allemand. 1 vol. petit in-16, br. **2 fr. 50**
Le même ouvrage, traduction juxtalinéaire par Mme Ida Becker. 1 vol. in-16, broché. **4 fr.**

Koch, professeur au lycée Saint-Louis : *Cours primaire d'allemand.* 1 vol. in-16, cartonné. **2 fr.**
— *La classe en allemand,* nouveaux dialogues. Petit in-16, cartonné. **1 fr. 25**
— *Lexique français-allemand,* rédigé conformément au décret du 19 juin 1880, à l'usage des candidats au baccalauréat. 1 vol. in-16, cartonné toile. **4 fr.**
Reconnu conforme à la note officielle du 29 janvier 1891.
— *Lexique allemand français,* contenant un grand nombre de termes nouveaux et l'indication de la nouvelle orthographe allemande. 1 vol. in-16, cart. toile. **6 fr.**

Kotzebuë. *La petite ville allemande,* suivie d'extraits de *Misanthropie et Repentir,* et de l'*Épigramme.* Texte allemand, annoté par M. Bailly. 1 vol. petit in-16, cartonné. **1 fr. 50**
Le même ouvrage, traduction française par M. Desfeuilles, avec le texte allemand. 1 vol. in-16, broché. **2 fr.**
Le même ouvrage, trad. juxtalinéaire par M. Desfeuilles. 1 vol. in-16, br. **3 fr. 50**

Krummacher. *Paraboles.* Texte allemand. In-16, cartonné. **1 fr. 50**
Le même ouvrage, trad. française, par M. l'abbé Bautain. In-16, br. **1 fr. 50**

Lectures géographiques. Textes extraits des écrivains allemands, par M. Kuhff, avec exercices et cartes. In-16, cart. **3 fr.**

Le Roy. *Recueil de versions allemandes.* Textes et traductions. 2 vol. in-16. **2 fr.**

Lessing. *Fables,* annotées par M. Boutteville. 1 vol. in-16, cartonné. **1 fr.**
Le même ouvrage, trad. juxtalinéaire, par M. Boutteville. In-16, br. **1 fr. 50**
— *Dramaturgie de Hambourg.* Extraits annotés par M. Cottler. 1 vol. petit in-16, cartonné. **1 fr. 50**
Le même ouvrage, traduction française, par M. Desfeuilles, avec le texte en regard. 1 vol. in-16, broché. **3 fr.**
Le même ouvrage, traduction *juxtalinéaire,* par M. Desfeuilles. 1 vol. in-16, broché. **7 fr. 50**
— *Lettres sur la littérature moderne et lettres archéologiques.* Extraits annotés

par M. Cottler. 1 vol. petit in-16, cart. **2 fr.**
— *Laocoon.* Texte allemand, annoté par M. Lévy. 1 vol. petit in-16, cart. **2 fr.**
Le même ouvrage, trad. fr. par M. Courtin, sans le texte 1 vol. in-16, br. **2 fr.**
— *Minna de Barnheim.* Texte allemand, par M. Lévy. Petit in-16, cart. **1 fr. 50**
Le même ouvrage, traduction française par M. Lang. 1 vol. petit in-16, br. **1 fr.**

Lévy (B.), ancien inspecteur général de l'Instruction publique : *Exercices de conversation allemande.* 3 vol in-16, cart. :
I. *Exercices sur les parties du discours,* à l'usage des cours élémentaires. 1 volume. **1 fr. 25**
Traduction française, par M. Hildt. 1 vol. in-16, broché. **1 fr. 50**
II. *Sujets de conversation,* à l'usage des cours moyens. 1 vol. **1 fr. 75**
Traduction française, par M. Schmitt. 1 vol. in-16, broché. **2 fr.**
III. *Sujets de conversation,* à l'usage des cours supérieurs. 1 vol. **3 fr.**
Traduction française, par M. Schmitt. 1 vol. in-16, broché. **3 fr. 50**
— *Recueil de lettres allemandes,* avec notes en français. 1 vol. in-16, cartonné. **2 fr.**
Le même ouvrage, reproduit en écritures autographiques. 1 vol. in-8, cart. **3 fr. 50**

Niebuhr. *Histoires tirées des temps héroïques de la Grèce.* Texte allemand, annoté, par M. Koch. 1 vol. petit in-16, cartonné. **1 fr. 50**
Le même ouvrage, traduction française, par Mme Koch, avec le texte allemand. 1 vol. in-16, broché. **1 fr. 75**
Le même ouvrage, traduction *juxtalinéaire,* par Mme Koch. In-16. **2 fr. 50**

Riquiez, professeur agrégé d'allemand au lycée Henri IV. *Manuel de grammaire allemande.* Résumé des principales difficultés grammaticales enseignées par des exemples. 1 vol. in-16, cartonné **1 fr. 50**
— *Cours de thèmes allemands.* 1 vol. in-16 cartonné. **1 fr. 50**

Schordlin, professeur au lycée Charlemagne. *Cours de thèmes allemands,* à l'usage des candidats au baccalauréat et à l'École Saint-Cyr. In-16. **3 fr.**
— *Traduction allemande du Cours de thèmes.* In-16, cartonné. **3 fr. 50**
— *Cours élémentaire de thèmes allemands* rédigé conformément aux programmes de 1892, à l'usage des classes de 9e, 8e et 7e avec des éléments de grammaire et un lexique. 1 vol. in-16, cart. **2 fr.**

Scherdlin (suite). *Lectures enfantines*, à l'usage des classes Préparatoires. In-16, cartonné. 1 fr. 25
— *Morceaux choisis d'auteurs allemands*, en prose et en vers, publiés avec des notes et un vocabulaire ; in-16, cart. :

Classe de Huitième. 1 vol. 75 c.
Classe de Septième. 1 vol. 75 c.
Classe de Sixième. 1 vol. 1 fr.
Classe de Cinquième. 1 vol. 1 fr.
Classe de Quatrième. 1 vol. 1 fr.
Classe de Troisième. 1 vol. 1 fr. 50
Classe de Seconde. 1 vol. 1 fr. 50
Classe de Rhétorique (en préparation.)

Schiller. *Histoire de la guerre de Trente ans.* Texte allemand annoté par MM. Schmidt et Leclaire. 1 vol. petit in-16, cartonné. 2 fr. 50
Le même ouvrage, traduction française de M. Ad. Regnier, sans le texte allemand. 1 vol. petit in-16, br. 3 fr. 50
— *Histoire de la révolte qui détacha les Pays-Bas de la domination espagnole.* Texte allemand, annoté par M. Lange. 1 vol. petit in-16, cart. 2 fr. 50
Le même ouvrage, traduction française, par M. Ad. Regnier, sans le texte. 1 vol. in-16, broché. 3 fr.
— *Jeanne d'Arc.* Texte allemand, annoté par M. Bailly, maître de conférences à la Faculté des lettres de Lille. 1 vol. petit in-16, cart. 2 fr. 50
Le même ouvrage, traduction française, par M. Ad. Regnier, sans le texte, 1 v. petit in-16, br. 2 fr.
— *Guillaume Tell*, drame. Texte allemand, annoté par M. Th. Fix. 1 vol. in-16, cartonné. 1 fr. 50
Le même ouvrage, traduction française avec le texte en regard, par M. Fix 1 vol., in-16, broché. 2 fr. 50
Le même ouvrage, traduction juxtalinéaire, par M. Fix. 1 v. in-16, br. 5 fr.
— *La fiancée de Messine.* Texte allemand, publié avec des notes par M. Scherdlin. 1 vol. petit in-16, cartonné. 1 fr. 50
Le même ouvrage, traduction française par M. Ad. Regnier, avec le texte. 1 vol. in-16, broché. 2 fr.
Le même ouvrage, traduction juxtalinéaire, par M. Schnaufer. 1 vol. in-16, broché. 3 fr. 50
— *Marie Stuart*, tragédie. Texte allemand, annoté par M. Fix. In 16, cart. 1 fr. 50
Le même ouvrage, traduction française avec le texte en regard, par M. Fix. 1 vol. in-16, broché. 4 fr.
Le même ouvrage, traduction juxtalinéaire, par M. Fix. 1 v. in-16, br. 6 fr.
— *Morceaux choisis*, publiés et annotés par M. Lévy. Petit in-16, cartonné. 3 fr.
— *Wallenstein.* Texte allemand, annoté par M. Cottler. Petit in-16, cart. 2 fr. 50
Le même ouvrage, traduction française, par M. Ad. Regnier, sans le texte. 1 vol. petit in-16, broché. 3 fr.

Schiller et Gœthe. *Extraits de leur correspondance.* Texte allemand, annoté par M. B. Lévy. Petit in-16, cart. 3 fr.
Le même ouvrage, trad. franç., par M. B. Lévy. 1 vol. petit in-16, br. 3 fr. 50
— *Poésies lyriques*, texte allemand publié et annoté par M. Lichtenberger, maître de conférences à la Faculté des lettres de Nancy. 1 vol. petit in-16, cart. 2 fr. 50

Schmid. *Les œufs de Pâques.* Texte allemand, annoté par M. Scherdlin. 1 vol. petit in-16, cart. 1 fr. 25
— *Cent petits contes.* Texte allemand, annoté par M. Scherdlin. 1 vol. petit in-16, cartonné. 1 fr. 50
Le même ouvrage, traduction française, par M. Scherdlin, avec le texte. 1 vol. in-16, br. 2 fr.
Le même ouvrage, traduction juxtalinéaire, par M. Scherdlin. 1 vol. in-16, broché. 3 fr. 50

Suckau. *Dictionnaire allemand-français et français-allemand*, complètement refondu et remanié par M. Th. Fix. 1 fort vol. grand in-8, cartonnage toile. 15 fr.
Le *Dictionnaire allemand-français* et le *Dictionnaire français-allemand* se vendent chacun séparément, cart. toile. 8 fr.

2° LANGUE ANGLAISE

Aïkin et Barbauld : *Soirées au logis* (Evenings at home). Extraits publiés avec des notices et des notes, par M. Tronchet, professeur au lycée de Lyon. 1 vol. petit in-16, cartonné. 1 fr. 50
Baume (P.). *Correspondance générale anglaise et française.* 1 vol. in-16, cartonnage toile. 3 fr. 50
Battier et Legrand, agrégés de l'Université. *Lexique français-anglais*, rédigé conformément au décret du 19 juin 1880, à l'usage des candidats au baccalauréat. 1 vol. in-16, cart. toile. 4 fr.
Reconnu conforme à la note officielle du 29 janvier 1881.

Beljame (A.), chargé de cours à la Faculté des lettres de Paris. *Première année d'anglais.* 12° édit. 1 vol. in-16. 1 fr.

Beljamo (suite). *Deuxième année d'anglais*, 6ᵉ édit. 1 vol. in-16. 1 fr. 25
— *First english reader*, à l'usage de la classe Préparatoire. 6ᵉ édit., 1 vol. in-16, cart, toile. 1 fr.
— *Second english reader*. Classe de Huitième, 3ᵉ ed., 1 v. in-16, cart. toile. 1 fr. 25
— *Third english reader*. Classe de Septième. 3ᵉ édit., 1 vol. in-16, cartonnage toile, 1 fr. 50
— *Exercices oraux de langue anglaise*. 1 vol. in-16, cartonné. 1 fr. 50
— *Cours pratique de prononciation anglaise*. 1 vol. in 8, cartonné. 2 fr.
Bossert et Beljamo *Les mots anglais groupés d'après le sens*, 3ᵉ édit. 1 vol. in-16, cartonnage toile. 1 fr. 50
V. Soult.

Byron. *Childe Harold*. Texte anglais, annoté par M. Emile Chasles, inspecteur général de l'instruction publique. 1 vol. petit in-16, cartonné. 2 fr.
Le même ouvrage, traduction de M. Bellet, avec le texte. In-16, broché. 3 fr.
Le même ouvrage, traduction juxtalinéaire, par M. Bellet. 1 vol. in-16, 6 fr.
Chacun des trois premiers chants. 1 fr. 50
Le quatrième chant. 2 fr. 50

Choix de contes anglais publié et annoté par M. Beaujeu, professeur au lycée Condorcet. 1 vol. petit in-16, cart. 1 fr. 50
Le même ouvrage, traduction française. 1 vol. petit in-16, br. 1 fr. 50

Cook (le capitaine). *Voyages*. Texte anglais. Extraits annotés par M. Angellier. 1 vol. petit in-16, cartonné. 2 fr.

Corner (Miss). *Histoire d'Angleterre*. Texte anglais : édition complète. In-16, cartonnage toile. 3 fr. 50
— *Abrégé de l'Histoire d'Angleterre*. Texte anglais, In-18, cartonnage toile. 2 fr.
— *Histoire de la Grèce*. Texte anglais ; édition complète. In-16, cart. toile. 3 fr. 50
— *Abrégé de l'Histoire de la Grèce*. Texte anglais. In-18, cartonnage toile. 2 fr.
— *Histoire de Rome*. Texte anglais ; édition complète. In-16, cart. toile. 3 fr. 50
— *Abrégé de l'Histoire de Rome*. Texte anglais. In-18, cartonnage toile. 2 fr.

Dickens. *Histoire d'Angleterre*. Texte anglais. In-16, cart. toile. 2 fr. 50
— *David Copperfield*. Texte anglais. In-16, cartonnage toile. 3 fr.
— *Nicolas Nickleby*. Texte anglais. In-16, cartonnage toile. 3 fr.
— *Un conte de Noël* (A. Christmas carol's). Texte anglais, publié et annoté par

M. Fiévet, professeur au lycée Henri IV. 1 vol. petit in-16, cart. 1 fr. 50
Edgeworth (Miss). *Contes choisis*, annotés par M. Motheré, professeur au lycée Charlemagne. 1 vol. petit in-16, cart. 2 fr.
— *Forester*. Texte anglais, annoté par M. A. Beljame. Petit in-16. 1 fr. 50
Le même ouvrage, traduction française de M. Beljame. In-16, broché. 1 fr. 50
— *Old Poz*, texte annoté par M. A. Beljame. 1 vol. petit in-16 carré. 40 c.
Eichhoff. *Morceaux choisis en prose et en vers des classiques anglais*. 3 vol. in-16, cartonnés :
1ᵉʳ vol. : Cours de Troisième. 1 fr. 50
2ᵉ vol. : Cours de Seconde. 2 fr. 50
3ᵉ vol. : Cours de Rhétorique. 3 fr.

Éliot (G.). *Silas Marner*. Texte anglais, annoté par M. Malfroy, professeur au lycée Michelet. Petit in-16, cart. 2 fr. 50
Le même ouvrage, trad. française. 1 vol. in-16. 1 fr. 25

Filon (Augustin). *Histoire de la littérature anglaise*. 1 vol. in-16, br. 6 fr.

Fleming. *Abrégé de grammaire anglaise*. 1 vol. in-16, cartonné. 1 fr. 25
— *Exercices*. In-16, cart. 1 fr. 25
— *Corrigé* desdits. In-16, br. 1 fr. 50
— *Cours complet de grammaire anglaise*. In-8, cartonné. 3 fr.
— *Exercices* par M. Aug. Beljame. In-8. 3 fr.

Foo (Daniel de). *Vie et aventures de Robinson Crusoé*. Texte anglais, annoté par M. A. Beljame. Petit in-16. 1 fr. 50

Franklin (B.) : *Autobiographie*. Texte anglais, annoté par M. Fiévet, professeur au lycée Henri IV. 1 volume petit in-16, cartonné. 1 fr. 50
Le même ouvrage, traduction française par M. Laboulaye. 1 vol. petit in-16, broché. 1 fr. 50

Goldsmith. *Le vicaire de Wakefield*. Texte anglais, annoté par M. A. Beljame. 1 vol. petit in-16, cartonné. 1 fr 50
— *Le voyageur ; le village abandonné*. Texte anglais, annoté par M. Motheré. 1 vol. petit in-16, cartonné. 75 c.
Le même ouvrage, traduction française de M. Legrand, avec le texte. 1 vol. in-16, broché. 75 c.
Le même ouvrage, traduction juxtalinéaire, par M. Legrand. In-16. 1 fr. 50
— *Essais choisis*. Texte anglais, annoté par M. Mac-Enery. Petit in-16, cart. 1 fr. 50
Gousseau et Koch. *La classe en anglais*. Nouveaux dialogues. Petit in-16, cartonne. 1 fr.

Gray. *Choix de poésies.* Texte anglais, annoté par M. Legouis, maître de conférences à la Faculté des lettres de Lyon, 1 vol. petit in-16, cartonné.   1 fr. 50

Hughes. *Les trois jours de classe de Tom Brown.* Texte anglais. In-16, cart. 2 fr. 50

Irving (Washington). *Le livre d'esquisses* (The sketch book). Extraits publiés par M. Fiévet, professeur au lycée Henri IV. 1 vol. petit in-16, cartonné.   1 fr. 50

— *La vie et les voyages de Christophe Colomb.* Texte anglais, édition abrégée par M. E. Chasles, inspecteur général. 1 vol. petit in-16, cartonné,   2 fr.

Korts (G.). *Commercial terms.* Vocabulaire anglais-français et français-anglais. 1 vol. in-16, cartonnage toile.   2 fr.

Le Roy. *Recueil de versions anglaises.* Textes et traductions. 2 volumes in-16, brochés.   2 fr.

Macaulay. *Morceaux choisis des Essais.* Texte anglais, annoté par M. A. Beljame. 1 vol. petit in-16, cart.   2 fr. 50
Le même ouvrage, traduction française de M. Aug. Beljame. In-16, br.   4 fr. 50

— *Morceaux choisis de l'histoire d'Angleterre.* Texte anglais, annoté par M. Battier, ancien professeur au lycée Saint-Louis. 1 vol. petit in-16, cart.   2 fr. 50

Mac Enery, professeur au lycée Condorcet. *L'anglais mis à la portée de tout le monde.* 1 vol. in-16, cartonné.   2 fr.

Meadmore, professeur agrégé au lycée d'Amiens: *Les idiotismes et les proverbes de la conversation anglaise,* groupés d'après le plan des mots anglais de MM. Bossert et Beljame. 1 vol. in-16, cartonnage toile.   1 fr. 50

Milton. *Paradis perdu,* livres I et II. Texte anglais, annoté par M. A. Beljame. 1 vol. petit in-16, cartonné.   90 c.
Le même ouvrage, traduction juxtalinéaire, par M. Legrand. In-16. 2 fr. 50

Morel, professeur au lycée Louis-le-Grand. *Cours de thèmes anglais,* à l'usage des classes supérieures et des candidats au baccalauréat. 1 vol. in-16, cartonné. Prix.   2 fr. 50

Passy. *Premiers éléments de langue anglaise.* 1 vol. in-16, broché. 1 fr. 25

Pope. *Essai sur la critique.* Texte anglais annoté par M. Mothéré. Petit in-16. 75 c.
Le même ouvrage, traduction française, par M. Mothéré, avec le texte. In-16. 1 fr.
Le même ouvrage, traduction juxtalinéaire, par M. Mothéré. In-16.   1 fr. 50

Ragon. *Correspondance commerciale française et anglaise.* 1 vol. in-16, cartonné toile.   5 fr.

Shakespeare. *Coriolan.* Texte anglais, annoté par M. Fleming. 1 vol. in-16, cartonné.   2 fr.
Le même ouvrage, trad. française, avec le texte, par M. Fleming. 1 vol. in-16, broché.   4 fr.
Le même ouvrage, traduction juxtalinéaire. 1 vol. in-16, broché.   6 fr.

— *Jules César.* Texte anglais, annoté par M. Fleming. Petit in-16, cart.   1 fr. 25
Le même ouvrage, traduction par M. Montégut, avec le texte. In-16.   1 fr. 50
Le même ouvrage, traduction juxtalinéaire, par M. Legrand. In-16 2 fr. 50

— *Henri VIII.* Texte anglais, annoté par M. Morel. Petit in-16, cart.   1 fr. 25
Le même ouvrage, traduction française par M. Montégut. In-16, br.   1 fr. 50
Le même ouvrage, traduction juxtalinéaire, par M. Morel. In-16, br.   3 fr.

— *Macbeth,* Texte anglais, annoté par M. O'Sullivan, 1 vol. in-18, cart.   1 fr.
Le même ouvrage, traduction française de M. Montégut, avec le texte. 1 vol. in-16, broché.   1 fr. 50
Le même ouvrage, traduction juxtalinéaire, par M. Angellier. 1 vol. in-16, broché.   2 fr. 50

— *Othello.* Texte anglais, annoté par M. Morel. 1 vol. in-16, cart.   1 fr. 80
Le même ouvrage, traduction française par M. Montégut, avec le texte. 1 vol. in-16, broché.   1 fr. 50
Le même ouvrage, traduction juxtalinéaire, par M. Legrand, 1 vol. in-16 3 fr.

— *Richard III.* Texte anglais. In-18. 1 fr.
Le même ouvrage, traduction française par M. Bellet. In-16, broché.   2 fr.
Le même ouvrage, traduction juxtalinéaire, par M. Bellet. In-16, br.   4 fr.

Soult (Mme). *Exercices sur les mots anglais* groupés d'après le sens de MM. Bossert et Beljame. 2e édition. 1 vol. in-16, cartonnage toile.   1 fr. 50

Stuart Mill. *La Liberté.* Texte anglais. 1 vol. in-16, cartonné.   1 fr. 60

Tennyson. *Poèmes choisis,* contenant la Grand'mère (Tennyson for the young and for recitation). Texte anglais. 1 vol. in-16, cartonné.   2 fr.

— *Enoch Arden.* Texte anglais, annoté par M. Al. Beljame. 1 vol. petit in-16, cartonné.   1 fr.
Le même ouvrage, traduction française par le même. 1 vol. in-18, br.   50 c.

Walter Scott. *Extraits des contes d'un grand-père.* Texte anglais, annoté par M. Talandier. Petit in-16, cart. 1 fr. 50
— *Morceaux choisis* annotés par M. Battier. 1 vol. petit in-16, cartonné. 3 fr.

— *Les puritains d'Écosse* (Old mortality). Texte anglais, in-16, cartonné. 2 fr.
— *L'antiquaire.* Texte anglais. In-1°, c. 2fr.
— *Rob Roy.* Texte anglais. In-16, c. 2 fr.
— *Ivanhoé.* Texte anglais. In-16, c. 2 fr.

3ᵉ LANGUE ITALIENNE

Dante. *L'Enfer,* 1ᵉʳ chant. Texte italien, annoté par M. Melzi. Petit in-16. 75 c.
Le même ouvrage, traduction juxtalinéaire. 1 vol. in-16, broché. 1 fr.
— *La Divine Comédie,* trad. française de P.-A. Florentino. 1 vol. in-16. 3 fr. 50
Dialogues français-italiens, précédés d'un abrégé de grammaire française et d'un abrégé de grammaire italienne. 1 vol. in-32, cartonné. 3 fr.
Étienne, ancien recteur d'Académie : *Histoire de la littérature italienne, de puis ses origines jusqu'à nos jours;* 2ᵉ édition. 1 vol. in-16, broché. 4 fr.
Ouvrage couronné par l'Académie française
Machiavel. *Discours sur la première décade de Tite-Live.* Texte italien, réduit à l'usage des classes, et précédé d'une introduction en français, par M. de Tréverret, professeur à la Faculté des lettres de Bordeaux. 1 vol. in-16, br. 2 fr. 50

Manzoni. *Les fiancés.* Texte italien, précédé d'une introduction en français, par M. de Tréverret. 1 vol. in-16. 2 fr. 50
— *Le même ouvrage,* traduction française par M. Martinelli. 2 vol. in-16, brochés. 2 fr. 50
Morceaux choisis en prose et en vers des classiques italiens, publié par M. Louis Ferri. 1 vol. petit in-16, cartonné. 2 fr.
Paoli. *Abrégé de grammaire italienne.* 1 vol. in-16, cartonné. 1 fr. 25
Rapelli. *Exercices sur l'abrégé de la grammaire italienne.* In-16. 1 fr. 25
— *Corrigé des exercices.* In-16. 1 fr. 50
Tasso. *La Jérusalem délivrée.* Texte italien, expurgé à l'usage des classes, et précédé d'une introduction en français, par M. de Tréverret. 1 vol. in-16. 2 fr. 50

4ᵉ LANGUE ESPAGNOLE

Bustamante (Corona). *Diccionario francés-español.* 1 vol. in-8, relié. 17 fr.
Calderon de la Barca. *Le magicien prodigieux.* Texte espagnol, publié par M. Magnabal. 1 vol. petit in-16, cartonné. 1 fr. 50
Cervantès. *Le captif,* texte espagnol extrait de don Quichotte, publié avec des notes par M. J. Merson. In-16, cart. 1 fr.
Le même ouvrage, traduction française, avec le texte en regard, par M. J. Merson. In-16 broché. 2 fr.
Le même ouvrage, traduction juxtalinéaire, par M. J. Merson. In-16. 3 fr.
Dialogues français-espagnols, précédés d'un abrégé de grammaire française et d'un abrégé de grammaire espagnole. 1 vol. in-32, cartonné. 3 fr.

Hernandez. *Abrégé de grammaire espagnole.* 1 vol. in-16, cartonné. 1 fr. 25
— *Exercices.* in-16, cartonné. 1 fr. 25
— *Cours complet de grammaire espagnole.* 1 vol. in-8, cartonné. 3 fr. 50
Mendoza (Hurtado de). *Morceaux choisis de la guerre de Grenade.* Texte espagnol, publié et annoté par M. Magnabal. 1 vol. petit in-16, cartonné. 90 c.
Morceaux choisis en prose et en vers des classiques espagnols, publiés par MM. Hernandez et Le Roy. 1 vol. in-16, cartonné. 2 fr.
Solis (Antonio de). *Morceaux choisis de la conquête du Mexique.* Texte espagnol, publié par M. Magnabal. 1 vol. petit in-16, cartonné. 1 fr. 80

NOUVEAU COURS
DE
GRAMMAIRE FRANÇAISE
Rédigé conformément au programme
DE L'ENSEIGNEMENT SECONDAIRE CLASSIQUE
PAR

A. BRACHET
Lauréat de l'Académie française
et de l'Académie des Inscriptions.

J. DUSSOUCHET
Agrégé des classes de grammaire,
Professeur au lycée Henri IV.

8 volumes in-16, cartonnage toile
COURS ÉLÉMENTAIRE

Grammaire française à l'usage des classes élémentaires, avec exercices. 1 vol. . 1 fr. 20
Exercices complémentaires et corrigés, à l'usage des professeurs. 1 vol. . . . . 2 fr. 50
COURS MOYEN
Grammaire française à l'usage de la classe de 6ᵉ et de la classe de 5ᵉ. 1 vol. . 1 fr. 20
Exercices à l'usage des élèves. 1 vol. 1 fr. »
Exercices complémentaires et corrigés, à l'usage des professeurs. 1 vol. . . . . 2 fr. 75
COURS SUPÉRIEUR
Grammaire française à l'usage de la classe de 4ᵉ et des classes supérieures. 1 vol. . 2 fr. 50
Exercices étymologiques à l'usage des élèves. 1 vol. . . . . 1 fr. »
Corrigé des exercices étymologiques, à l'usage des professeurs. 1 vol. . . . . 2 fr. »

MICHEL BRÉAL et
Professeur au Collège de France

LÉONCE PERSON
Ancien professeur au lycée Condorcet

GRAMMAIRE LATINE
ÉLÉMENTAIRE
1 vol. in-16, cartonnage toile. . . . 2 fr.

GRAMMAIRE LATINE
COURS ÉLÉMENTAIRE MOYEN
1 vol. in-16, cartonnage toile. . . . 5 fr. 20

ALFRED CROISET
Professeur à la Faculté des lettres de Paris

PETITJEAN
Professeur agrégé au lycée Buffon

PREMIÈRES LEÇONS DE GRAMMAIRE GRECQUE
RÉDIGÉES CONFORMÉMENT AU PROGRAMME DU 28 JANVIER 1890
A l'usage de la classe de Cinquième
Un volume in-16, cartonnage toile. . . . . 1 fr. 50

EXERCICES D'APPLICATION SUR LES
PREMIÈRES LEÇONS DE GRAMMAIRE GRECQUE
Par MM. V. GLACHANT, professeur agrégé au lycée Lakanal
et PETITJEAN, professeur agrégé au lycée Buffon.
Un volume in-16, cartonnage toile. . . . . 2 fr.

GRAMMAIRE GRECQUE
A l'usage des classes de grammaire et de lettres
Par MM. CROISET et PETITJEAN.
Un volume in-16, cartonnage toile. . . . . 3 fr.

En préparation :
Exercices d'application sur la Grammaire grecque, par MM. PETITJEAN
ET GLACHANT. 1 vol. in-16, cartonnage toile. . . . . » »

DICTIONNAIRES
LATIN-FRANÇAIS ET FRANÇAIS-LATIN
De L. QUICHERAT
NOUVELLES ÉDITIONS, ENTIÈREMENT REFONDUES
Par M. CHATELAIN
Maître de conférences à la Faculté des lettres de Paris.

2 volumes grand in-8°, cartonnage toile. Chaque volume.............. **9 fr. 50**

LEXIQUES
LATIN-FRANÇAIS ET FRANÇAIS-LATIN
Extraits des Dictionnaires de M. QUICHERAT
Par M. SOMMER
Nouvelles éditions refondues par M. CHATELAIN

2 volumes in-8°, cartonnage toile. Chaque volume........ **3 fr. 75**

DICTIONNAIRE GREC-FRANÇAIS
Par M. C. ALEXANDRE
SUIVI D'UN
VOCABULAIRE GREC-FRANÇAIS
DES NOMS PROPRES DE LA LANGUE GRECQUE
Par A. PILLON

1 volume grand in-8°, cartonnage toile................. **15 fr.**

ABRÉGÉ DU
DICTIONNAIRE GREC-FRANÇAIS
Par M. C. ALEXANDRE

1 volume grand in-8°, cartonnage toile................. **7 fr. 50**

DICTIONNAIRE FRANÇAIS-GREC
Par MM. ALEXANDRE, PLANCHE et DEFAUCONPRET

1 volume grand in-8°, cartonnage toile................. **15 fr.**

NOUVEAU DICTIONNAIRE FRANÇAIS-GREC
Par M. OZANEAUX

1 volume in-8°, cartonnage toile............ **15 fr.**

LEXIQUE GREC-FRANÇAIS
A L'USAGE DES CLASSES ÉLÉMENTAIRES
Par M. SOMMER

1 volume in-8°, cartonnage toile................. **6 fr.**

LEXIQUE FRANÇAIS-GREC
A L'USAGE DES CLASSES ÉLÉMENTAIRES
Par M. DUBNER

1 volume in-8°, cartonnage toile................. **6 fr.**

25693. — Imp. Lahure, rue de Fleurus, 9, à Paris. 10-92 — 25000

www.ingramcontent.com/pod-product-compliance
Lightning Source LLC
Chambersburg PA
CBHW071116260626
47162CB00006B/2338